処刑された聖女は死霊となって舞い戻る

1

緒二葉

illustration
みなせなぎ

CONTENT

一章

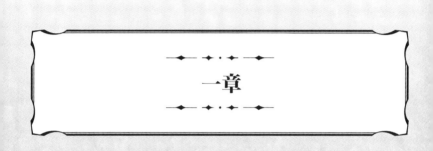

ぼーっとしていた。

いつからこうしているだろう？　何も見えず、何も感じない。時間の感覚もないし、今考えているのだって、うっすらとした意識の中でなんとか認識しているだけだ。

でも記憶ははっきりしている。忘れもしない、私の最期の日。

『聖女を詐称し、王子を誑かした偽聖女を死刑とする！』

形ばかりの裁判だった。

貴族たちや王子の間で予め私の刑は決まっていて、元孤児に過ぎない私の意見が聞き入れられることはなかった。

いや、元はと言えば全てあの女のせいだ。王子の肩にしなだれかかって、勝ち誇った笑みで私を見下ろしていた子爵令嬢を思い出す。

私は聖女だった。

聖女とは神から与えられた『ギフト』だ。十人に一人くらいの割合でギフト持ちの子どもが生まれてきて、その中でも五十年に一人しか生まれないと言われている珍しいギフト。

聖女の力は特別で、どれだけすごいかって言うと孤児だった私が王宮で暮らすようになるくらい。自分ではそんな自覚全然ないんだけど、周りからは救世主だとか国の守り人だとか言われて持ち上げられた。

私はこれも神の導きだと思って、精一杯頑張った。というのは建前。戦争孤児時代にいくら助けを求めたって助けてくれなかった神様なんて信じていないけど、身寄りのない私を立派に育ててくれた孤児院に仕送りを送るために、真面目に働いた。

そんな折だった。王子が私に目を付けたのは。

（まだ十歳の私に言い寄ってくるなんて！　あの変態！）

おっと、王宮では隠していた口調がうっかり出てしまいましたわ。おほほ。

第一王子のセインは、私を側室として迎えようと画策し始めた。私に惚れたというよりは、聖女を手中に収めたかったのだろう。王妃には公爵令嬢がなる予定だったから、私は側室だ。

私はそれを断った。

理由は言わなかった。平民に婚約者がいるなんて言ったら、彼に危険が及ぶと思ったから。

婚約者なんて言っても、同じ孤児院で育って「いつか結婚しよう」なんて軽く言い合っていただけ。何も知らない子ども時代の約束だ。相手が覚えているかもわからない。

王子や貴族からの当たりは強くなったけど、私の待遇はそう変わらなかった。

聖女の力は国にとって必要だったからだ。聖女の張る結界がなければ、年々激しくなる魔物の侵攻を抑えることができない。

私は辛い王宮生活でも、いつか彼と結婚できるのだと信じて耐え続けた。煌びやかなドレスも豪華な食事も、私の心を満たしてはくれなかった。そんなものはいらない。ただ、小さな幸せが欲しかった。

だが、その願いは淡く泡沫となって潰えた。

自らを聖女と名乗る、子爵家の令嬢が現れたせいだ。

私に聖女の力が宿っているのは紛れもない事実だった。でも、王子にとって必要なのは事実ではなかったのだ。

子爵令嬢に、わずかとは言え聖属性のギフトが宿っていたことも状況を悪化させた。貴族たちは由緒正しい血筋から聖女が現れたことに安堵し、私を排斥した。

そこからはまるで元々台本があったかのように事が進んだ。実際、王子が作った筋書きだったのだろう。元孤児に過ぎない私の首には、とんとん拍子でギロチンが迫り、落とされた。

(でもなんで意識があるんだろ)

私は間違いなく死んだ。王子や貴族たちから嘲笑されながら処刑された。

でも、なぜか意識がある。自分を認識している。

ギフテッド教――ギフトをくれる唯一神様を信仰する国教だ――の教えでは、人は死ぬと魂という意思の塊になって空を漂い、新たな命が生まれる時にその身体に入り込むのだという。それは人間の赤子かもしれないし、働きアリやイノシシかもしれない。死んでも完全に消えるわけではなくて、新しい生命の礎になるのだ。

私は今、その魂の状態なのかもしれない。それなら、何も感じず意識だけがあることにも納得できる。

これから新しい命に生まれ変わるんだ。記憶は残らないけど、あの苦しい毎日から解放されて自由になれるんだ。

私の魂は、そのまま違う生物になるわけじゃない。

新しく芽吹いた生命には例外なく新しい魂が生まれる。でも生まれたばかりの魂は弱くて肉体に耐えられないから、死者の魂を吸収して強くなるんだって。出産に耐え切れず死んじゃう子がいるのは、上手く魂を取り込めなかったからだ。

逆に、複数の魂を吸収する赤子もいる。そういう子は余剰分のエネルギーを神様に別の力に変えてもらう。それがギフトだ。

私が担うのは、吸収されて新しい生命の源になる役目。

婚約者だった幼馴染のことは心残りだけど、ただ消えるよりよっぽどいい。罪人として処刑された私が、誰かの役に立てるなら。

(できれば鳥の赤ちゃんに吸収されたいな。私を乗せて自由に空を飛んでほしい)

そんなことを考えて、その時を待った。

どれだけ時間が経ったかわからないけど、朦朧としていた意識がはっきりとしてきた。

最初はついに消える時が来たのかな、と思ったけど、違った。

突然視界が開けて、周囲が見えるようになったのだ。それだけじゃない。音も聞こえる。

(え、なになに?　どういうこと?)

身体の感覚は相変わらずないけど、私は薄暗い洞窟にいるようだった。

周囲にはふわふわと浮かぶ、大小様々な光る球体があった。——霊魂だ。

本来見えないはずの魂が、淡い光を放って浮遊する状態。研究者の中には魔物の一種と表現する人もいる、魂そのものが具現化した存在。

壁から流れる湧き水が小さな水たまりを作っていた。

それを覗き込んで、私は驚いた。

(私、霊魂になってる!)

処刑された聖女だった私は、霊魂になっていた。

霊魂——魔物の名称としてはヒトダマと呼ばれているそれは、意思を持たずただ浮遊するだけの存在だ。

私の周りを漂うヒトダマを観察しても、意思のようなものは感じられなかった。

ただ半透明で実態のない霊魂が、そこにあるだけだ。私のように記憶を持って活動している霊魂はいなそうだった。

どういう原理かわからないけど、移動はできた。あっちにいきたい、と思えばゆっくりと、亀のほうがまだ速いだろう速度で動くことができた。

場所は洞窟の中で薄暗い。ヒトダマが淡く光を放っているおかげで少し見える。

瞳があるわけじゃないのに、視界は肉体があったころと同じ感じだ。後ろが見たかったら球体をぐるりと回さなければならない。

一見して方向の区別がないヒトダマも、目の位置は固定のようだった。

(ここどこだろう? 広さは礼拝堂くらいかな)

市民の家なら四軒くらいは入る。いびつな円形で、出入口は一か所だけあった。二十を超えるヒトダマがふわふわ浮かんでいるのと湧き水以外は特に何もない。

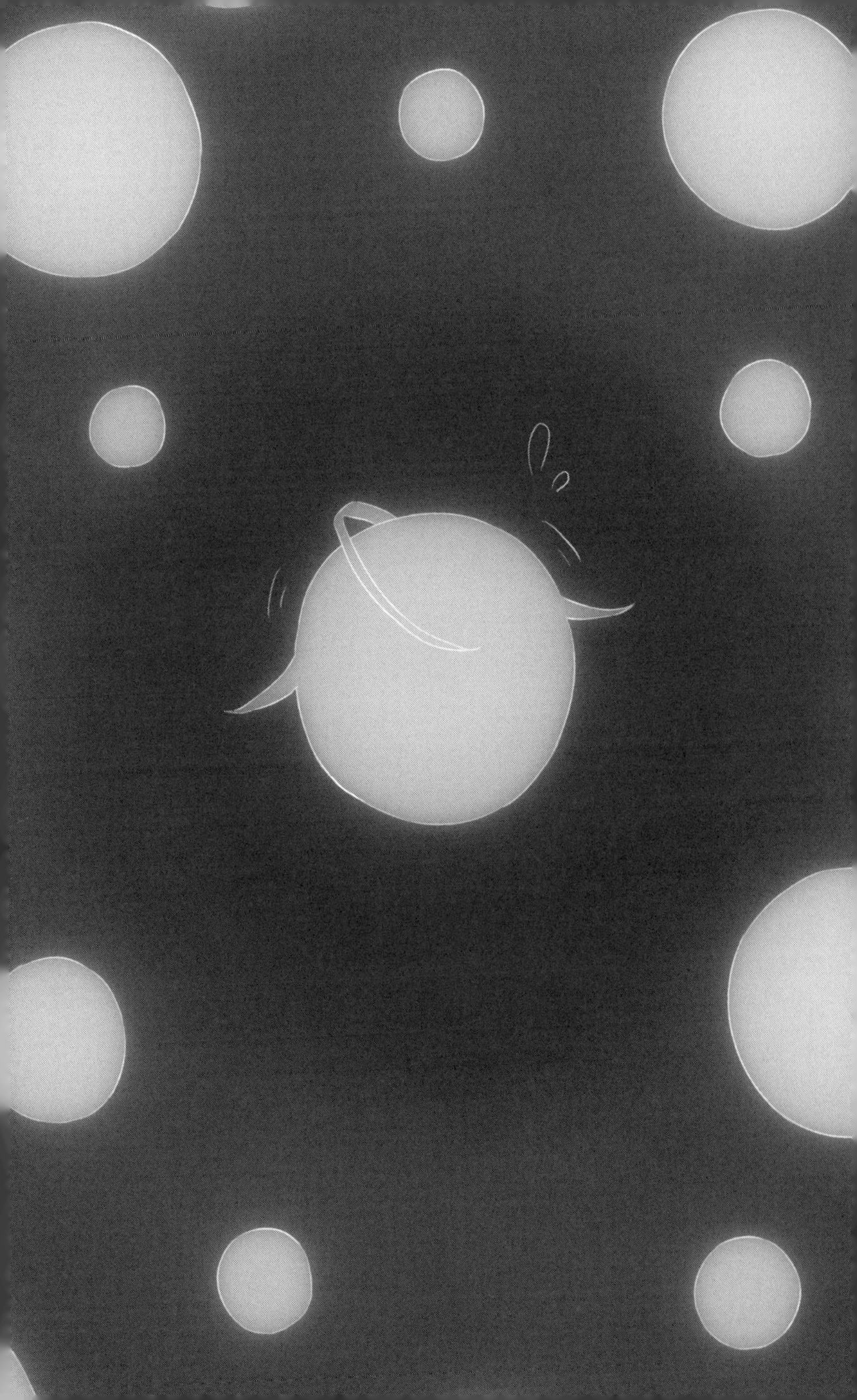

（おし、良くわからないけどあそこから出てみよう）

私は昔から、行き当たりばったりな性格だった。そして能天気。

聖女というギフトを持っていると判明した時も、深く考えずなんとかなるだろうと思っていた。流されるままに王宮に連れて行かれ（と言っても拒否権はなかった）望まれた通りに力を振るった。

孤児院に仕送りをする以外は特に反抗もせず、毎日を無為に過ごした。

そんな私だから、温度も風も感じられない身体になっても焦りはなかった。処刑されるときに全てを諦めたんだと思う。

手も足もないけど、私はゆっくりと歩みを進めていく。

綿毛のように飛ぶヒトダマを眺めていると、驚くべきことが起こった。

大きいのもあれば小さいのもあるヒトダマだけど、それぞれ不規則に動き回っていれば、やがて衝突することもある。

（お、あの二つぶつかりそう）

そう思った時だった。

私から見て右から来た拳大のヒトダマが、人間の頭がすっぽり入りそうな洞窟の中でもひと際大きいヒトダマにぶつかった。

どうなるのだろう、観察していたらすーっと息を吸い込むように、小さいヒトダマが吸い寄せられたのだ。ヒトダマはわずかばかりの抵抗を見せたけど、サイズ差は歴然。そのまま大きいヒトダマの中に吸収されていった。

（食べられちゃった？）

まるでそれは食事だった。

同族を呑み込んだ大きなヒトダマは、心なしか一回り大きくなった気がする。

（うう、霊魂になっても弱肉強食かぁ）

この大きなヒトダマは、他のどのヒトダマと比べても二倍以上大きい。私なんて三分の一以下だ。

たぶん当たったらひとたまりもない。こっそりヌシと名付けたヒトダマから、離れようとする。

でも、私は油断していた。大きいヒトダマはそれだけ移動速度も速かったのだ。

別に私のことを追ってきたとか、そういうわけではないと思う。

私以外のヒトダマには意思は感じられなかったから、ヌシもたまたまこっちに泳いで来ただけだ。

でも、何気なく踏み出した一歩が虫を踏みつぶすことがある。

（ふんごぉおおおお）

吸い込まれる！　ヌシが近づいてきてすぐに、全身を引っ張られる感覚に襲われた。

例えるなら、四肢に括りつけられた縄を馬が引いたような、引き裂かれる痛みだ。

抵抗は無意味に等しかった。たかが霊魂の塊とはいえ、いやだからこそサイズは絶対だ。

（え、私もう死ぬの⁉）

処刑され、気づいたらヒトダマになってた。

第二の人生（？）は、呆気なく終わりそうになっている。

（せっかく自由になったのに！）

そう心の中で叫んでも、捕食は止まらない。

ヌシは私を喰らいつくさんと掴んで離さない。

(いや、待って！　ええと……ホーリーレイ)

私は咄嗟に聖女の魔法を使った。

数少ない攻撃魔法だ。聖女は防御や回復がメインだけど、一つだけ聖属性の光線を放つ魔法が使える。

私が生み出した、聖女時代より大分細い光線がヌシに突き刺さった。アンデッド系に高い効果を及ぼす魔法が命中し、ヌシは怯んで私を離した。

(チャンス！)

ギフトは魂に宿るという。

焦ってたまたま発動しただけだけど、聖女の魔法を使えてよかった。

でも、ごっそり魔力がなくなった感覚がある。これは何発も撃てないなぁ。

そんなことを考えながら、一目散に逃げ出すのだった。

(出口出口……っと)

こんなところにいたら、いつか殺される！

そう思った私は、一つだけある出入口に向かった。その先がどうなっているかはわからないけど、とにかく逃げるしかない。

人間数人くらいなら並んで通れそうな通路に直進する。

（ふぎゃ⁉）

しかし、やっとたどり着いた、という瞬間何かに衝突した。見えない壁のようなものが、私の行く手を阻んでいる。

この感覚には覚えがある。結界や障壁と呼ばれるもので、聖女の魔法でも作れる。

もちろん無敵ではなく一定のダメージで消えてしまうのだが、矮小なヒトダマに過ぎない私には突破不可能だった。

（えええ、閉じ込められてる）

前には見えない壁、後ろには沢山の敵。

大ピンチ。私はぶつからないように注意しながら、ヒトダマの少ない場所に移動した。

それから、突然の状況に困惑しながらもなんとか数日を生き延びた。日が入らないから時間の感覚は曖昧だけど、たぶん三日くらい。

相変わらず私はヒトダマで、周囲には同族たちがぷかぷかと漂っている。

十五歳という若さで死んだ私は、魔物として生まれ変わったのだった。

この三日でわかったことがいくつかある。

まず、私は聖女の魔法を使える。ただし、聖女だったころより魔力――魔法を使うために消費される力――が圧倒的に少なくて、ロクに発動できない。使えるのはヒトダマを怯ませるのが精いっぱいの威力控えめホーリーレイくらいだ。

もう一つは、この洞窟なのか洞穴なのかわからない空間には、ヒトダマが集められているということ。日夜ヒトダマ同士の喰らい合いが行われているが、少し経つと新しいヒトダマが生まれる。

ヒトダマ同士が接触するとほとんど例外なくサイズの大きいほうが勝ち、小さいヒトダマは吸収される。

唯一の例外が、この私だ。

(ホーリーレイ)

近くにいる私より一回り大きなヒトダマに、ホーリーレイを放った。

アンデッドの弱点である聖属性の魔法で大ダメージを与える。そして怯んだ隙に接近した。

(ソウルドレイン)

ヒトダマの持つ種族スキルで相手を吸収した。

取り込んだ魂は澄み渡る水のように身体に浸透し、私の一部になった。私の存在が一つ強化された気がする。

スキルとは、生物が発動することができる特殊な技だ。魔法も広義ではスキルの一つである。

また、神の庇護下にない故にギフトを得られない魔物であっても、種族ごとに固有のスキルを持つことは広く知られている。ヒトダマのスキルがソウルドレインであった。

それを知ることが出来たのは、聖女のスキルのおかげだ。

(また一匹倒したね。——神託)

『お告げ

種族：ヒトダマ（G）　LV6
ギフト：聖女
種族スキル：ソウルドレイン』

レベルが6に上がっているのを確認する。

『神託』は聖属性のギフトを持つ者なら全員使える、一般的なスキルだ。自分や相手のギフトを知ることができる。王国に生まれた子どもは五歳になると聖職者から『神託』を受け、自分にギフトがあるのかを確かめるのだ。

また、ギフトの有無にかかわらず経験を積むことでレベルが上がる。レベルが上がると身体能力やスキルが強化されるので、レベルやスキルの確認にも便利なスキルだ。

さらに、魔物になったことで人間だったころとは違う神託結果も現れた。

『種族系譜
進化先候補
オニビ（F）　進化条件：LV10』

それが、これだ。

魔物は成長すると姿を変えることがある。身体が大きくなる、とかではなく生物として全然違う姿になるのだ。これは、人間や動物とは大きく異なる特徴である。

神託で進化先を確認するばかりか、進化条件まで判明した。

自分がもう人間ではないことに少しだけショックを受けたけど、今では清々しい気分だ。もう人間じゃないんだから、好き勝手生き抜いてやる！

（というか、モンスターって普通進化先とか確認できないよね？　神託もないし。私ちょっと有利かも！）

なので、目下の目標はオニビへの進化である。

必要レベルは１０だ。だが、四を超えたあたりから小さなヒトダマではなかなかレベルが上がらなくなっていた。

（よーし、ヌシにリベンジするよー！）

私は意気込んで、ヌシを探した。

と言ってもそう広くない洞窟だし、ヌシはものすごく大きい。オニビにはまだ至っていないみたいだけど、私の見立てではレベル8か9だと思う。

小物を狩り続けるのは飽きたので、ヌシを吸収してさくっと進化しよう！　という腹である。

理由はそれだけじゃない。一度は逃走した相手で、その後も近づかないように気を付けていた。言ってしまえばびびっていた。初めて魂を吸い取られる恐怖体験が軽くトラウマになっているのだ。

だから、私はヌシを倒してトラウマを克服しなければならない。でも、ヌシがオニビになってしまったら多分勝てない。倒すチャンスは今だけなのだ。

（つるりと平らげてやるんだから）

魂を食べるなんて生前は考えられなかったことだけど、これがなかなか美味しいのだ。味覚はないし喉もないけど、喉越し最高って感じ。

その感覚は相手のレベル、つまりはサイズが大きいほど良くなるので、きっとヌシはとても美味しい。よだれが出る。

私が近づいていっても、ヌシは何も反応を示さない。ふふ、その油断が命とりだよ。

（ホーリーレイ）

まずは先制攻撃。

人差し指ほどの太さの光線が、ヌシを貫いた。魔物の一種とはいえただの霊魂だから、叫んだり痛がったりはしない。でもたしかにダメージはあるのか、半透明の身体を彩る光が少しだけ揺らいだ。

（効いてる！）

それは最初の邂逅で逃げおおせたことからわかっていたけど、改めて確認できた。

でも、レベル差があるから倒すには至らないだろう。

（ホーリーレイ！）

相手の反応が鈍いのを良いことに、もう一発撃ち込む。レベルが上がって魔力が増えたので、撃てる回数も増えたのだ。

（良い調子！　そろそろ行けるかな？）

ソウルドレインを使える範囲までゆっくり近づいていく。

ここまで大きく成長したのにごめんね。あなたの魂は私が美味しくいただくよ！

たった三日でずいぶん人間の感覚を失ったものだが、魂は美味しいし汚いものでもないので忌避感はない。ギフテッド教の考えでは、むしろ神聖なものだ。

ヌシに私の身体をぶつける。実体はない霊魂だけど、お互いの領域が接触した感覚はある。

（ソウルドレイン）

種族スキルの発動は、半ば本能的なものだ。ほぼ同時にヌシも同じスキルを使う。

ここからは魂の引っ張り合いだ。どちらの魂が強いかを競い、負けたほうが吸収される。技術は関係ない。ただの膂力勝負——私以外なら。

（聖域）

私には普通のヒトダマと違って、聖女の魔法がある。ヌシの足元の小さな範囲が、魔物を弱体化させる聖域になった。

（このまま押し切る！）

綱の両端を引くようなソウルドレインの競り合い。均衡していたそれは、聖域の効果によってヌシが弱体化したことによって、一気に崩れた。

終わりは一瞬だった。ソウルドレインによって、ヌシは私に吸収されていった。

（勝ったぁ！）

この洞窟で最強の存在に勝った喜びで、空中をくるりと回った。

（ついにレベルが１０になる！）

ヌシを倒し、そのままの勢いで部屋中のヒトダマを食べつくした私は、ついに進化条件のレベルに達した。

わくわくしながら進化の時を待つ。

何を隠そう、私は魔物の生態に興味津々なのだ。

聖女として魔物の駆除に携わるようになってから、普通の動物とは似て非なる生き物である魔物に興味を持ち始めた。

魔物は子を産まない。あらゆる魔物は『魔王』と呼ばれる最強種が生み出すとされている。

魔王とは絶対的な力を持ち魔物を生み出す能力を持つ魔物の総称で、王国の近くの森にも一体住んでいた。

どのようにして魔物を創り出すのか。そして、どのように進化するのか。

聖女として表立ってはできないけど、こっそり魔物を観察したりしたものだ。

『進化条件を達成しました。種族名：オニビへの進化を開始します』

（天使の声!?　きたきたー！）

ずっと静かに暮らしていて鬱屈していた分、ヒトダマになってなんか吹っ切れた気がする。いつになく元気だ。

これが俗世から解き放たれるということか！

（みなぎってきたぁあああ）

感覚として近いのは魔力の増加だ。

でも、なんか違う。魂の器が広がっていくというか、存在そのものが強化されているというか。

これが進化。

今までの自分とは違う、全能感。例えるなら、子どもからいきなり大人になったくらいの差がある。


『完了いたしました』


天使の声、と呼ばれる、スキルやギフト関連のお知らせをしてくれる声だ。

神託の時とは声が違うことから、神の使いだと言われている。

というか私魔物なんだけど、唯一神様も天使様も普通に教えてくれるんだね。魔物は庇護下になっていって話は、もしかしたら間違いなのかも。

まあ考えてもわからないことは頭の隅に置いといて、新しくなった身体で水たまりに飛んでいった。

（どれどれ……おお、尻尾？　が付いた！）

ただの球体だったのが、蝋燭の火のようになった。動いている間は完全にオタマジャクシだ。空中を泳ぐように進めるから、移動速度が格段に上がった。

停止すると、尻尾は真上に立ちのぼる。オニビという名の通り、空中に浮かぶ火の玉だ。

色も変わった。

白い光だったのが、うっすら赤みがかっている。

（えっと、神託）

『お告げ
種族：オニビ（F）　LV1
ギフト：聖女
種族スキル：ソウルドレイン　火の息』
『種族系譜
進化先候補
キツネビ（F＋）　進化条件：LV20』

種族がオニビになり、『火の息』というスキルが増えている。

（ふむふむ、次は二十まで上げなきゃいけないのね）

手も足も顔もないけど、尻尾が生えたおかげで移動が楽になった！

蝶が飛ぶくらいのスピードは出ていると思う。

楽しくなってきたので、洞窟内を自由に飛び回った。

（進化したから出られるかも！）

ヒトダマだったころは障壁があって閉じ込められていたが、オニビとなった今なら突破できるかもしれない。

出入口とは反対側の壁まで下がって、助走をつけた。

勢いで結界を破壊する戦法である。力任せともいう。

進化して向上した移動能力が、確かな速度を私に与える。

衝突する――と思った瞬間、結界の向こうに気配を感じて急停止した。物質ではないから驚くほどあっさり止まった。

「まったく、ファンゲイル様はなぜ我らにこのような雑用を押し付けたのじゃ」

「ゴズ、滅多なことを言うな。これも大事な役目だ」

「だがのう、メズよ。ヒトダマの回収など、もっと弱い魔物にでも任せればよいだろう」

くぐもった二人の声が聞こえてくる。

(まずい、隠れなきゃ！)

話している言葉は大陸の公用語だ。もしかしたら人間かもしれないし、たまにいる人語を話す高位の魔物かもしれない。

どちらにせよ、戦って勝てる相手ではない。私はさっと振り返って、奥の岩陰に身を隠した。

「なぬ！　どういうことじゃ！」

こっそり様子を窺うと、中に入って来たのは二人の男だった。

いや、身体はたしかに人間の男のようだが、頭部は魔物だった。人間よりも遥かに大きな体躯に、牛と馬の頭部。それに、流暢に話す公用語。

間違いない。高位の魔物だ。

「なぜ、ヒトダマがほとんどいないのじゃ！」

「ゴズ、落ち着け。いないものは仕方ない」

「これが落ち着いていられるか！　ファンゲイル様は戦力の増強をお求めなのだぞ！」

「大方、術式に不備でもあったのだ。どれ……ふむ、ヒトダマの作製も結界も問題なく作用しているな」

「当然だ！　ファンゲイル様が術式を間違えるはずがないじゃろう」

「狭い洞窟内で怒鳴るな。響くだろうが。術式に不備がないとすれば、オニビに進化したのだろうな。前の回収から日が開きすぎたのかもしれぬ。この結界はヒトダマしか防げぬからな」

「たった一週間で進化などするわけないじゃろが！　ああ、どうすれば」

「幸い養殖場はここだけではない。他の部屋を当たるぞ」

馬の頭部を持ったメズが、冷静に分析している。その横で、牛の顔で怒るゴズが地団駄を踏んでいる。

（ファンゲイルって……もしかして……）

彼らが口に出した名前に聞き覚えがあった。

かすかな記憶を手繰って、なんとか思い出そうとする。

脳裏におぼろげに浮かび上がってきた可能性が、彼らの次の言葉で鮮明になった。

「戦力増強は急務だ。聖女の結界が消えたのが本当ならば、これ以上ない好機である」

「わかっている!!　行くぞ、メズ」

（不死の魔王ファンゲイルだ！）

それは、王国近くの森に住み、魔物を使って攻め立てていた魔王の名だった。

何やら会話をしながら外に出ていったからひとまずの危機は去ったけれど、私の心境はそれどころではない。

私が聖女として王宮に行くまで、人々は魔物の脅威に怯えて暮らしていた。戦う体力のある者たちは徴兵され、魔物との戦いに繰り出されていたらしい。私が戦争孤児となったのも、それが原因だ。

それを救ったのが、実感はあまりないけど聖女である私だ。

聖女の作る結界は魔物の侵攻を食い止め、聖域で弱体化させる。その効果は絶大で、王国は安寧を取り戻した。

(私が死んだってことは、魔物の侵攻がまた始まるってこと?)

物心つく前の話だから、詳しくは知らない。

でも、聖女の結界がなければ敗戦必至の状況だったらしい。

(も、戻らないと！　みんなが死んじゃう！)

でも、どうやって?

私は死んだ。今はなぜか意識があるけど、所詮魔物の身だ。

(それに、私を処刑したのが悪いんじゃ?)

そんな思いも浮かぶ。

王子や貴族が死ぬ分には、悪いけど興味ない。残虐に殺してきた相手を慈しむほど、優しくはない。

でも真っ先に死ぬのは市井の者たちだ。権力を持たない民が、最初に魔物の被害に遭う。また魔物との戦争が始まれば、徴兵と称して命を搾取されることになる。

そしてその中には、私の幼馴染もいる。婚約者かどうかはこの際置いておいて、孤児院のみんなは私の家族と言っていい存在だ。

（この身体じゃだめだ。せめてもっと進化しないと、魔力が足りない）

今から動いて、助けられるだろうか？

私がいなくても大丈夫じゃない？　死んだ身で頑張る必要ある？

相反する二つの気持ちが、心中で渦巻く。

身体を振ってネガティブな感情を追い出す。

（死んだから俗世のことは関係ないと思ってた。だけど、私はみんなのことを諦められない）

ファンゲイルが侵攻の準備を始めていることは、私だけが知る情報だ。

聖女の力が万全でなくても、それを伝えることができれば、何か策を講じることができる。

（まずはオニビじゃなくて、もっと人間っぽい身体じゃないと。言葉を話せる魔物にならないと、伝えることもできない）

今のまま王国に行っても、魔物として殺されるだけだ。

私の中で目標が定まっていく。

（とにかく進化だ。まずは人型を目指す！　そして孤児院の皆を助ける！）

信仰なんてこれっぽっちもしていなかったけど、一応聖女だからね。

ついでに国も救ってあげよう。

あ、偽聖女扱いしてきた王子は絶対許さないから覚悟しておいてね！

二章

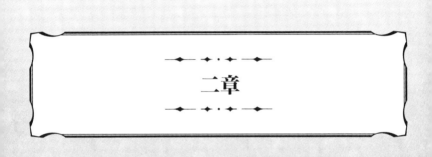

王宮に併設された礼拝堂は重苦しい空気に包まれていた。

神官たちは膝をつき、一心不乱に祈りを捧げている。知らせが届いた昨朝から続けており、既に一昼夜が経過している。その間、誰一人として立ち上がる者はいなかった。

貴族たちからは疎まれていた聖女だが、ギフテッド教内では慕われていた。それは滅多に現れない聖女のギフトを持っているから、という理由だけではない。決して驕らず、怠けず、職務を淡々とこなし皆に明るく接する彼女が好ましく思われていたからだ。名実ともに聖女だ、と近しい者たちは言っていた。

「ああ、聖女様……」

王宮内で厳しい立場におかれていることは聞き及んでいたし、ギフテッド教として正式に抗議もした。

だがそれを跳ねのけるばかりか処刑を強行するなど、誰も予想していなかった。

こんなことなら、さっさとギフテッド皇国に連れ帰るべきだった。聖女のギフトを持つというだけで、この国の貴族よりも良い暮らしができる。生まれ育った孤児院が気がかりなら、全員まとめて引き取る準備もしてあった。

だが全ては後の祭り。神官たちは後悔の念に押し潰されそうになりながらも、せめて安らかな眠りを願ってひたすらに祈った。

「みなさん、そのままでいいので聞いてください。ギフテッド教は王国から撤退することを決定しました。本国にも連絡済みです。王国に籍を置く方も皇国で受け入れますが、ここに残るか付いてくる

かは各々判断してください」

もっともそんな人はいないでしょうが、と心の中で付け足したのは、聖女に次ぐ地位にあった枢機卿レイニー。

女性ながら確固たる地位を築き、聖女を側で支え続けた才女だ。四十近くにもなるというのに肌は若々しく、美貌は衰えていない。

礼拝堂をざっと見渡し、決意を目に宿す神官たちを確認すると、重々しく一度だけ頷いた。

たったそれだけで、一斉に全員が動き出す。彼らの思いは一つだ。

「レイニー様。例の孤児院へ使いを出す許可を」

「もちろんです。偉大なる聖女様のご家族は、我らの家族と同義。使いではなくあなたが直接迎えにいきなさい」

「かしこまりました」

王国に長居はできない。

この国は直に亡びるだろう。聖女が現れるまで、神官三十人分の結界を張ってもなお、魔物の侵攻を抑えきれなかったのだ。聖女の結界が消えたことはすぐに魔王に伝わり、事実確認をしたのちひと月以内には侵攻が再開されるはず。

そうなれば、聖女が人生を賭けて守ろうとした孤児院も被害に遭う。それはギフテッド教としても本意ではない。

その時、礼拝堂の大扉が勢いよく開け放たれた。

「おい！　どういうことだ！」

突然の怒声に、神官たちの動きが止まる。

焦った様子で飛び込んできたのは、第一王子セインだった。その隣に不遜な態度で立つ子爵令嬢アザレア。

聖女を処刑した張本人の登場に神官たちが殺気立つ。レイニーが彼らを視線で制止しつつ、すっと前に出た。

「これはセイン王子。いかがなさいましたか？」

「どうしたもこうしたもない！　王国から引き上げるとはどういう了見だ？　お前も裁判にかけるぞ！」

「わたくしの身は神に捧げておりますので、王国の法で裁くことはできません。聖女様も同様でしたがこのような扱いをされた以上、王国は盟約を破棄するということでよろしいのでしょう？」

「破棄？　何を言っているんだ。いくら寄付していると思ってる！」

「王国をお守りする対価としていただいていたにすぎません。聖女の結界なしでは魔物を抑えることはできないのですから」

枢機卿レイニーは口調こそ穏やかだが、内心では怒り狂っていた。当然だ。敬愛する聖女を勝手に処刑されたのだから。

最も権力を持ち頭も回るレイニーが、公務で王宮を離れている間の出来事だった。帰った時には、愛する聖女は冷たくなっていた。否、死体は秘密裏に処理されたため取り返すことすらできなかった。

「聖女だと？　ふん、あんな孤児上がりの偽聖女を傀儡にして、ずいぶんデカい顔をしていたものな？　貴様らの思惑などとっくに見抜いていたぞ！」

隣に控える子爵令嬢アザレアが、意地悪く口角を上げた。

この王子は本気で言っているのだろうか。レイニーは怒りを通り越して呆れてくる。

「あなたの言葉に耳を貸すつもりはありません。先に裏切ったのはそちらですもの。我々は王国と心中するつもりはございませんので」

「心中？」

「ええ。聖女様亡き今、魔王の侵略を防ぐことは不可能ですので」

「聖女ならここにいる！　それも血筋の確かな、本物の聖女だ！　汚い平民の血から聖女が現れるなどありえない話だったのだ。それに比べ、アザレアは由緒正しい、完璧な聖女だ。なあ、アザレア」

「もちろんですわ！　あんな庶民にできて、わたくしにできないはずがありませんわ！」

アザレアの返答に、王子は満足げに頷く。

王子は己の誘いを無碍にした聖女が気にくわなかっただけなのだが、そんなことはおくびにも出さず正当性を主張する。いかに彼が愚鈍であれ、ギフテッド教を手放すのは問題だと理解しているのだ。

「わかったな？　今すぐ撤回し、アザレアの補佐をしろ」

レイニーは横目でちらりとアザレアを見ると、すぐに視線を外して小さくため息をついた。

「見習い神官にすら満たない魔力で、よくそんなに自信が持てますね。あなたなど、聖女様の足元にも及びません。これ以上の問答は無意味です。そちらの方が真の聖女だと言うなら、一人でも結界は張れるはずです。我々は必要ありませんね」

話は終わり、とレイニーは法衣を翻して振り返った。

ギフテッド教は王国の国教として指定され礼拝堂を構えてはいるが、所属は皇国である。王国の王子に命令権はない。

良好な関係を築いている内は多少のお願いを聞き入れることはあるが、この状況では土台無理な話である。

「おい！　俺は第一王子だぞ！」

「ちょっと、一人で結界なんて無理ですわ！　聖女なんてニコニコ座っているだけのお飾りじゃなかったんですの？」

なおも叫び続ける二人を神官たちが追い出し、扉を閉めた。

これ以上無駄な問答を続ける必要はない。近日中に王国を出るために、準備をしなければならないのだから。


私、現在オニビ生活満喫中！

ヒトダマが集められていた場所は小さな部屋がいくつもある洞窟だった。ゴズとメズの話によるとヒトダマを発生させる部屋らしい。

結界をあっさり抜けて自由を手にした私が行ったことは、全ての部屋のヒトダマを食べ尽くすことだった。彼らが回収していったのは一部だけだったようで、まだまだ沢山いた。ごちそうさま！

魂を吸収するなんて、人間だったころは考えられなかったことだ。魔物となって精神も魔物化しているのか、なんの抵抗もない。

精神といえば、国を救うために急がなきゃいけないのにかなり冷静だ。焦ることなく、レベルを上げている。

もともと呑気な性格ではあったけど、それにしてももう少し慌てても良い気がする。

死んだ身だから関係ないといえばそうなんだけどね。

（ヒトダマじゃあんまりレベル上がらなかったなー）

オニビとなってから数十のヒトダマを吸収したが、レベルはほとんど変わらなかった。

自分より下位の魔物では成長しづらいのかもしれない。

外に敵がいないか入念に確認した。

オニビは実体がなくて壁をすり抜けられるから、隠れるのは得意だ。顔（にあたる部分）だけをこっそり外に出して、様子を窺う。

（外はやっぱり森だね）

『不死の魔王』ファンゲイルが拠点としている、不死の森。

アンデッド系の魔物が多く生息し、ベテランの冒険者でも迷い込めば生きては出られない危険な森である。

作戦はこうだ。

強そうな魔物からは逃げる。勝てそうな相手は倒して進化を目指す！

次の進化先は『キツネビ』という魔物。見たことはないけど、たぶん喋ることはできなそう。

となると孤児院に危機を伝えて助けるためには、さらに進化を重ねる必要がある。

（レイニーさんたちは大丈夫かなぁ）

王宮に入ってからずっと面倒を見てくれた枢機卿レイニーさんを思いだす。

私にとっては仕事仲間であると同時に、母親のような人だ。私が処刑されたことで暴走してなきゃいいけど。

（王子や貴族たちはムカつくけど、大切な人たちもいっぱいいる。頑張らなきゃ）

伝えるだけなら、話すことができればいい。

でも守ろうと思ったら、莫大な魔力が必要だ。全力で聖女としての権能を使っても足りるくらいの、大量の魔力が。

オニビになって少し増えたけど、まだまだだ。ホーリーレイを二十発も撃てば、すぐに息切れしてしまう。生前の私には遠く及ばない。

なんにせよ、進化は必須というわけだ。

ということで、手ごろな敵を探しに辺りを彷徨う。

（霊魂の身体、とっても楽）

あっちに行きたい、と思うだけで移動できるのだ。

足を動かす必要もないので、疲れない。ゆらゆらと尻尾のように炎は動くけど、体力や魔力の消耗はない。障害物も無視できる。地面には何かがごろごろと転がっているので、歩くとしたら大変だったと思う。

死後の世界、意外と楽しい！

これで空も飛べたらもっと良かったけど、なんでかあまり高くまでは行けなくて、せいぜい建物の二階くらいまでだった。

だから低いところを移動する。昼間なのに薄暗い森を漂って、魔物を探す。

どこからかカタカタと謎の音が聞こえてきたので、足を止めた。風の音かな？

「カタカタカタカタ」

（きゃあああああ）

叫んだ。

声は出なかったけど、大いに慌てふためいて逃げた。

一瞬しか見えなかったけど、目の前に突然人骨が現れたのだ。

地面にごろごろと落ちていたのは骨だった。それが生前を思い出したかのように人の形を成して、立ち上がったのだ。

（スケルトンだ！　ううぅ、結界の中から遠目で見るのとはわけが違うよ……）

スケルトンは低級の魔物で、王国付近でよく見られる魔物である。

人間だけでなく、カラスや牛などいろんな動物の骨に取り憑いて動く。魔物全般に言えることだけど、生態が謎だ。

さすがにここまで来れば大丈夫だろう。

「カタカタ」

(ひぃぃい！)

後ろにもいた！

いや、それどころじゃない。

洞窟の周り、スケルトンだらけだ。

「カタカタカタカタ」

連鎖するように、そこら中でスケルトンが立ち上がりだす。

多くは人間の骨、次いで多いのは鳥だ。骨がぶつかり合う音が静寂を塗りつぶした。

近くにいた一体のスケルトンが空洞の瞳で私を見た。

(私、美味しくないよ！　ただの炎だよ！)

私の願いは届かず、人骨スケルトンが腕を振り上げた。武器も何もなく、ただ腕を振るだけの攻撃。

(大丈夫、オニビに物理攻撃は効かな――いやぁあああ)

痛い！　なんで！

ヌシに吸収されかけた時と同じ痛みだ。魂に直接ダメージを与えてくるってこと？

霊魂系は比較的無害な代わりに物理攻撃を無効にする。魔法攻撃か、属性の乗った武器でしか倒せないのだ。

「カタカタカタカタ」

歯をかき鳴らして、なおも私を追い立てる。まずい、何発もくらったら死ぬ。

逃げてもスケルトンはたくさんいるし、高度を上げても鳥スケルトンがいる。

なら倒すしかない。スケルトンはアンデッド系の例にもれず、聖属性が弱点だ。

(ホーリーレイ)

突き出してきた腕をひらりと避けて、聖なる光線を撃ち込む。スケルトンの肩に当たって、肩から先が動かなくなった。

ちゃんと効いているね。

(ソウルドレイン)

スケルトンは筋肉なんてないのに動ける。それはヒトダマが宿っているから、とされている。ということは、ソウルドレインが有効なはずだ。

百体近くのヒトダマを吸いつくしたスキルで、スケルトンを攻撃する。あまり美味しくないけど、確かに魂を吸う感覚があった。しかし倒すには至らない。

(火の息!)

オニビになって新しく増えたスキルを発動した。

身体から松明ほどの大きさの炎が噴き出し、スケルトンを襲った。しかし骨は燃えないから、表面を軽く焦がすだけだった。

やはり倒すならホーリーレイしかない。今度は頭を狙ってホーリーレイを放ち、怯んだ隙にスキルドレインで魂を吸収する。骨に宿った魂を全て吸いつくし、骨はバラバラになって地面に落ちた。

（スケルトンの魂美味しくなーい。でも勝てた！）

勝利の余韻に浸るのも束の間、すぐに他のスケルトンが襲ってきた。

初めての遭遇こそびっくりしたけど、ヒトダマに代わる獲物としてスケルトンは最適だった。

無数にいるから倒しきってしまう心配はないし、慎重に戦えば負ける心配もない。

唯一注意しなければいけないのは、私の魂をごっそり削ってきたあの攻撃だ。

『お告げ
種族：スケルトン（E）
種族スキル：ソウルクラッシュ』

ソウルクラッシュ、魂に直接ダメージを与える攻撃だ。物理攻撃が効かないはずの私にも、しっかりダメージを与えてきた。

オニビより一つ高いランクなだけあって、ホーリーレイがなければ倒すのが難しかっただろう。このランクというのは、ギフテッド教で広く使われる格付けだ。Aが一番高く、その後にBCDEFと続く。魔物の脅威をわかりやすく伝えられるから便利だよね。

神託は敵の情報もしっかり教えてくれるから助かる。神官や聖女のギフトが重用される理由がこれだ。人間のギフトを知ることでその人の適正を示し、魔物のスキルを暴き戦闘を優位に運ぶ。

（だんだんコツを掴んできたなー）

魔力が半分くらいまで減ったら洞窟まで戻り休憩、回復したら倒す。というサイクルを繰り返していた。

何度かソウルクラッシュを受けてしまったが、幸い生き残っている。

魔物、とりわけアンデッド系を弱体化させる聖域を使うことで、ホーリーレイ一発で倒しきれることがわかった。聖域のほうが魔力消費は大きいけど、スケルトンが密集しているところに展開することで効率アップだ。

聖域の範囲は籠める魔力によって変わるので、だいたい大人五人が立てるサイズにしている。

（聖域。ホーリーレイ。ソウルドレイン！）

テンポよくスキルを使って、人骨スケルトンを倒した。

人間にも魔物にも共通してレベルという概念がある。これは肉体の成長とは関係なく、魔物を倒すことで上がるのだ。レベルが上がると魔力量や身体能力が上がり、平たく言うと強くなる。

魂がなくなったスケルトンがその場に崩れ落ち、私のレベルが上がった。

（二日間戦ってレベル10かー）

ワンランク上の敵と戦っているからか、ヒトダマの時より成長が早い。

スケルトンはソウルクラッシュだけは危険だけど、動きは遅いし単調だから弱い魔物の部類だ。たとえば成人男性がこん棒でも持てばまず負けない。

ただの骨だからね。ヒトダマが中に入って動かしているらしいけど、筋肉も何もないから脆弱だ。

骨だって、どういうわけか本物の骨より脆い。

(そういえば、私でも骨動かせるのかな?)

ふと、そんな考えが浮かんだ。

思いついたことは試してみよう!

ヒトダマから進化したオニビであれば、骨に取り憑いて動かせるかもしれない。

たった今倒して物言わぬ亡骸になった骨に、恐る恐る近づく。

スケルトンとして動いている間は気にならなかったけど、これって人間の死体なんだよね……?

いや、モンスターはどこからともなく現れるから、生まれた時から骨なのかもしれない。

(えーっと、こうかな?)

頭蓋骨をすり抜けて、中心に入り込んだ。眼窩から外が見える。

魔力を放出して、骨に染みこませるように流した。

(うごけーーー)

もし肉体があったら拳を握りしめて踏ん張っていただろう。骨を動かせたら、ついに私にも身体ができるんだ!

しかし、骨はびくともしなかった。

『種族:スケルトンへの進化条件を達成しておりません』

天使の声だ。

母性溢れる女性の声である神様に対し、天使様は爽やかな青年の声で静かに告げた。

進化条件？

（なんだろ……神託）

『進化系譜
進化先候補
キツネビ（Ｆ＋）　進化条件：ＬＶ２０
スケルトン（Ｅ）　進化条件：ＬＶ２０　必要素材：遺骨』

スケルトンの項目が増えてる！

なるほど、レベルだけじゃなくて他にも条件がある場合があるんだ。スケルトンの場合は骨が必要、と。

オニビになってすぐ神託をしたときは、スケルトンの表示はなかった。今まで聞こえなかったのはなぜだろう。

骨を動かしてみよう！　という私の行動が進化先候補を増やしたのかな？

それとも、骨が近くにあるから候補として現れたのかも。

（なんか楽しくなってきた！）

人間は進化なんてしないからね！

身体そのものが変わっていく。しかもそれを選べるっていうのは、魔物ならではの感覚だ。せっかくだから楽しまないとね。

どんどんレベルを上げよう！

さらに数日が経過した。今日も今日とてスケルトンを倒して、進化条件レベル目前となった私は、悩んでいた。

（スケルトン、なりたくない……）

進化するにあたり、キツネビかスケルトンか、どちらに進化するか考えていた。

キツネビはF＋でスケルトンがEなので、強さで言えばスケルトンに進化したほうがいい。ほとんど姿の変わらないキツネビに対し、骨だけだけど身体が手に入る。

しかし、何十体ものスケルトンを倒すうちに、こうはなりたくない、という気持ちが湧いてきたのだ。

（だって気持ち悪いんだもん！　それに裸じゃん。裸どころか骨じゃん！）

心の中で叫ぶと、様々な姿をした骨たちが一斉にこっちを向いた……気がする。

スケルトンといえば、人間にとって嫌われ者だ。

夜な夜な外を徘徊し、意味もなく周囲を破壊する。しっかり骨を砕かないとすぐ起き上がるし、倒しても金になる素材はない。

何より見た目が恐ろしい。その気になれば文字くらい書けそうだけど、街に近づいた段階で殺されて話なんて聞いてもらえない。

今も、薄暗い森の中をカタカタ音を鳴らしながらうろついている。目が空洞だからよく見ると怖い。あばらから指先に至るまで、肉の一片もない。内臓も当然ないので、向こう側が透けて見える。

（うん、やだ！）

人型になって話せるようになるのが目標だけど、形だけ人になっても意味ないんだ。体重が軽いくらいしか利点ないよ！

感情だけでなく、合理的な理由もある。

スケルトンは動きがもの凄く遅いから、今と比べて行動がかなり制限されるのだ。

それはスケルトンの上位種であっても変わらない。武器を持つスケルトンソルジャーや魔法を使うメイジスケルトンなどもいるけど、動きはだいたい同じだ。話すこともできない。

（やっぱキツネビかなー）

キツネビの場合は、同じ霊魂の魔物なはず。

アンデッド系には大きく分けると二種類あって、肉体を持たない魔法生命体の『死霊系』と、死体が動いたり物質に取り憑いていたりする『憑依系』だ。

肉体的に強いのは当然後者だけど、魔力が多く言葉を話す可能性が高いのは前者の死霊系だ。憑依系も相当高位の魔物になれば話す個体もいるけど、ほとんどは話せない。

（話すのが目的なら死霊系のほうがいいよね……魔力が増えれば魔法もたくさん使えるし）

うだうだ悩んでいたけれど、心は決まった。

私はオバケになる！　死体は嫌だ！

（肉体なんて捨て去るのだー。私、これからは死霊聖女ちゃんとして生きていきます。もう死んでるけど）

というわけで、いつも通りスケルトンを倒してレベルが上がった。

『進化条件を達成しました。必要素材が確認できません。種族名：キツネビへの進化でよろしいですか？』

（はい！）

『開始します……完了いたしました』

おお……。感覚的にはあまり変わらないかな？　魔力は倍くらいになったと思う。

私はうきうきで洞窟に戻り、すっかりお世話になっている鏡代わりの水たまりを覗き込んだ。

（青くなってる！）

白い球、赤い火の玉ときて、青い火の玉になった。

大きさは一回り大きくなったくらいで、見た目は変わらない。人骨スケルトンの頭蓋骨より、少し大きいくらいかな。

（どれどれ、スキルは……お、ファイアーボールだって。火の息より強そう！）

外に出て、スケルトン相手に試し撃ちをしてみる。

魔力を少しだけ消費して、目の前に赤く燃え上がる炎の球が出現した。中心に向かって渦巻く炎は、まっすぐスケルトンに飛んでいく。

私の身体とほぼ同じ大きさのそれは、飛んで逃げようとしたカラス骨スケルトンを撃ち抜いた。

なかなか威力高いね。発動に若干時間がかかるけど、アンデッド以外にはホーリーレイよりダメージを与えられそうだ。

『進化系譜
進化先候補
ウィル・オ・ウィスプ（E）　進化条件　LV20
ゴースト（E）　進化条件　LV20　必要素材：魂×100』

ちなみに、次の進化系譜はこんな感じ。

今度は最初から二つあるね。たぶん、必要素材が最初から溜まっているからだと思う。魂なら二百個くらい食べたし。

どっちに進化するかは置いておいて、まずはレベル上げだ。

（ふふ、魔力も増えたし、スケルトン全部倒そう）

見渡す限り、スケルトンはまだまだいる。

みんな私のレベルになってね！

キツネビ生活は、たった一日で終わりを告げた。

そりゃそうだ。オニビの時より強くなっているのに、進化条件レベルは変わらないんだから。

見渡す限りのスケルトンを倒して、この森もちょっとは景色良くなったかな。

ヒトダマになってから約一週間。霊体の身体にも慣れ、洞窟周辺の生活を謳歌していた。眠る必要はないけど、ずっと動き回っていると疲れるので洞窟で休む。

（たぶんあと数匹倒したら進化できるんだよねー）

ウィル・オ・ウィスプとゴースト。どちらに進化するかは、ほとんど悩まずに決まった。

ウィスプはオニビやキツネビと似たような、火の玉だったと思う。人間を好んで襲うので、年に数件は被害が出るのだ。

ゴーストは丸いものに白いシーツを被せたような見た目で、風もないのに裾がひらひらと揺れる。夜な夜な人の前に現れて驚かせてケラケラ笑う。

私が選ぶのはゴーストだ。

このまま火の玉方面に進んでいっても、炎が強くなるだけな気がする。

笑い声をあげられるくらいだから、ゴーストなら喋れるかもしれない！

『進化条件を達成いたしました。ゴーストへの進化を開始いたします』

短いキツネビ生活だった。

半透明の白シーツ姿になり、めらめら立ち上っていた尻尾がなくなった。

身体も人間の赤ちゃんくらいの大きさになって、形もはっきりしてきたね。ゆらゆらと朧だった半透明の身体は、少し透けてるけど輪郭はわかる。

(しかも手がある！　かわいい！)

手と言っても、左右に二か所ちょこんと出っ張りがあるだけだ。それでも自分の意思で動かせる部分があることに軽く感動した。物を掴んだりはできない。オバケだからね。

それと、顔のような模様がある。ぎざぎざした口に、淡く光る目が二つ。結構この見た目好きかも。

(口があるってことは、ついに喋れるかも？)

うしし、ついに人間に近づいてきたぞ。

あれ？　私べつに人間に戻りたいわけではないな。死霊生活、充実してるし。毎日のんびり魂食べてるだけでいいから、人間で聖女していた時より楽しい。

(魔物になると精神も魔物になるのかなー。孤児院の皆を助けたら、森に引きこもりたい)

でも魔王による侵略の時は、刻一刻と近づいている。

結界が消えてすぐに侵攻ってことはないだろう。一か月か、二ヶ月か……多少の準備の時を必要とするはずだ。

それを防ぐために、声は必須である。

よーし、頑張るぞ。

「ぁ……ぁ……」

口を大きく開けて、声を出そうとする。喉があるわけでもないのに、掠れた声が出た。

ゴーストはケラケラ笑い声をあげる魔物だ。笑うだけで害のない不思議な魔物でもある。

笑う以上は、声が出せるはずなのだ。

「あ……あは」

霊魂になってすぐに移動の仕方を認識しスキルを発動できたように、初めてなのに自然と声の出し方がわかった。

生まれ変わってからの第一声だ。

「あははっ、あはははははっ」

なんで笑い声？

「うふふ、あはは」

発声のやり方を変えたり、体勢を変えてひっくり返ったりしても笑うことしかできない。

ちょっと声のトーンや笑い方が変わるくらいだ。どう頑張っても言葉になることはなかった。

（うう、なんでー？　神託）

試しに神託をお願いしてみると、その原因が判明した。

ゴーストになって獲得した、『ケラケラ』という種族スキルだ。ゴーストの場合は攻撃をするようなスキルではなく、ただ笑うだけのスキルだった。

（ええぇ、じゃあ喋れるようになったわけじゃなくて、笑い声をスキルによって出すことができるだけってこと⁉）

なんて意味のないスキルなんだ。拍子抜けである。

見た目と一緒でとても可愛らしいのは女の子としては嬉しいけど、それじゃ意味ない。

でも、今までは笑うこともできなかったから、ちょっと進歩したのかな？

この調子で進化していけば、必ず話せるようになるはず！

（あれ……？　進化先候補が出ない）

いつもなら神託の時に一緒に教えてくれた進化先候補が、今回はなかった。

（もしかして進化終わり⁉）

これ以上は進化しないということだろうか。

いや、まだ諦めるのは早い。スケルトンやゴーストは、必要素材を手にするまでは進化先が判明しなかったではないか。

もしかしたらレベルを上げるだけでは進化できないのかもしれない。

条件が整ったら、進化できるはず。

（とりあえず、またレベル上げかなー。スケルトンも減ってきたし、別のところに向かおう！）

ただの火の玉から可愛い姿になれてテンションが上がっている私は、そのままの勢いで洞窟を飛び出した。

移動速度も上がって、なんだか楽しい気分だ。壁をすり抜けられるのは変わらない。

死霊の身体って最高！

「あははは」

スキルで笑っていると、だんだん心から笑えてくる。攻撃はできないけど良いスキルだね。

王子の前に現れて、全力で笑い飛ばしたい。腰抜かすだろうなー。

上機嫌で外に出た私は、すっかり警戒を忘れていた。

「ゴーストじゃと!?」

「む、珍しいな」

ヌシを倒しオニビになったあの日、ヒトダマの回収をしに来ていた二人の魔物――牛頭のゴズと馬頭のメズが、目の前にいた。

まずい、見つかった！

「あは、はは」

彼らを目にした瞬間、乾いた笑いに変わった。すぐさま振り返り、一目散に逃げ出した。

神託を使う余裕もないけど、相手は間違いなく高位の魔物だ。冒険者の間では、人の言葉を話す魔物とは絶対に戦ってはいけない、なんて教えがあるくらいに。

しかもこの二人は『不死の魔王』ファンゲイルの配下だ。殺されたくないし、捕まるのもダメ。かといって今の私では絶対に勝てない。

「ほう、逃げるか」

（逃げます！）

メズが面白そうに呟いた。

顔面は馬、上半身は筋骨隆々な裸体を晒していて、腰には何かの動物の皮を巻き付けている。手には携えた槍を、器用にくるりと回して構えた。

「逃げた、じゃと？　ゴーストにそんな知恵があるのはおかしいだろう」

「何、魔物なのだから上位存在を見れば逃げるだろう。それより、この辺りのスケルトンが壊滅していることのほうが気になるがな」

「どっちにしても、捕まえてみればわかることじゃ！」

ゴズは顔が牛であること以外メズとほとんど同じ風貌だ。手には人間くらいなら簡単に両断できそうなほど巨大な斧を持ち、鼻息を荒げている。

「あははは」

焦って笑い声が漏れるせいで、高笑いしながら逃げている変な姿になっている。しかし、私のほうは必死だ。

背後から二人の大男がすごいスピードで迫ってくる。見た目に反して速い。

進化したことで移動速度が上がったとはいえ、私はまだ人間が早歩きするくらいのスピードしか出ないのだ。

「ふん、面白いゴーストだ。普通のゴーストとは少し違うようだな？」

「ファンゲイル様への手土産にしてやろうぞ！」

それぞれ槍と斧に魔力を纏わせて追ってくるゴズメズは、見逃す気はなさそうだった。

何かのスキルだろう。魔法生命体であるゴーストの私でも、あの武器で攻撃を受けたらダメージを受ける。

直線移動では相手に分があっても、私は浮遊できるし壁をすり抜けられる。木々があっても関係ない。直線で進む私に対して、ゴズメズは木を避けてジグザグに走る必要がある。

(洞窟の中に入れば逃げられる!)

入り組んだ場所では私のほうが圧倒的に有利だ。完全に逃げきれるであろう洞窟まであと少し。

本当は地中に潜れれば良かったんだけど、すり抜けられるのは反対側に空間がある場合だけなのだ。どういう仕組みかわからないけど、壁に潜ったと思った次の瞬間には反対側から出ている。意識すればゆっくり出ることも可能だけど、中に滞留することはできなかった。

「はぁあああ、ダークスイング!」

(ひゃっ)

闇属性の魔力を纏った斧が、私の上スレスレを通り過ぎていった。

ちょっと、捕まえるとか言いつつ完全に殺す気じゃん!

必殺の威力を持った攻撃を、躱すというには不格好に掻い潜った私を、今度はメズが攻め立てる。

「ダークスパイク」

熱血じいさんのゴズに比べ、メズは冷酷無比。

穂先に宿る闇魔力が、私を刺殺さんと迸った。彼の精密な槍捌きは、数歩先を行く私に確実に迫った。

「あはは……」（さすがに無理！　聖結界！）

聖女が使える魔法は回復、聖域、結界の三種類が主だ。

結界は、物質も魔法も通さない不可視の壁を創り出すことができる。効果やサイズは調整が利くのだが、今回咄嗟に張ったのはシンプルな薄い障壁だ。槍の軌道上に、私を守る結界が出現する。

パリン。

鏡が割れたような音が響いて、メズの槍が結界に突き刺さった。鋭い穂先と闇の魔力を受け止めた結界は、一瞬の抵抗を見せたが呆気なく砕け散った。

だが、一瞬あれば十分だった。

「なんだと？」

メズが疑問の声を上げたが、振り向いている時間はない。

槍を回避した私は、洞窟の中に辿り着いた。壁の中に飛び込んで、ヒトダマが生産されていた小部屋に出た。どんどん奥に進んで、入口から離れていく。

「こんちくしょう！　どこに行ったのじゃ！」

「逃げられた、か。それにしても最後の突き、完全に捉えたと思ったのだがな」

洞窟内に彼らの声が反響した。苛立つ様子のゴズは、走り回ってしらみつぶしに部屋を確認している。

こちらからしたら相手の場所は丸わかりなうえ、廊下に出なくても部屋から部屋へと直接移動できる私を捕まえるのは不可能だ。できれば遠くに逃げたと思ってもらいたいので、見つからないように注意して様子を窺う。

「メズが突きを外すとは珍しいのう」

「お前は大振りだからいつも外すがな。ダークスパイクは外したわけではない。最後の感覚――あれは結界だ」

「結界じゃと？　ゴーストがそんなものを使えるわけがないじゃろうが」

「……先日のことといい、我らの想像を超える何かが起きているようだ」

やっぱり結界を張ったことはバレるよね。

メズの腕には私に到達する直前に結界を貫いた感覚が、しっかりと伝わっていたはずだ。そして『ケラケラ』という無害なスキルしか持たないはずのゴーストが、結界を張った。

初めからゴーストではなくヒトダマから進化した個体であっても、いくつかの攻撃手段を持つのみだ。

メズにとって、私はかなり異質な存在だと認識しただろう。

「この件はファンゲイル様にご報告しなければ」

「ちっ、じゃあヒトダマを回収してくるぞ！」

「ああ。しかし結界を使うゴーストか……我らが王の覇道を邪魔する者でなければいいのだが」

「邪魔するなら消す。それだけじゃろうが」

邪魔する気満々です！

二人は前回と同じようにヒトダマを回収していく。こっそり覗くと、部屋の中央に置いた陶器製のかめ甕の蓋が開かれ、部屋中のヒトダマが吸い込まれていった。

何あれ、すごい。

「戻るぞ。ファンゲイル様に対応を確認せねば。不安要素はなるべく取り除かねばならぬ時期だからな」

ゴズメズはヒトダマを回収し終えると、甕を縄で縛って背負って洞窟を出ていった。その様子を見て、私は閃いた。

（ついていけば魔王の本拠地に行けるじゃん！）

危険かもしれないけど、状況を確認するのは急務だ。

正直、王都がどっち方向にあるのかもわからないからね。進化も大事だけど、情報も集めないと。

いざとなったら善良なゴーストのフリをします。ケラケラ笑ってればいいんでしょ？

三章

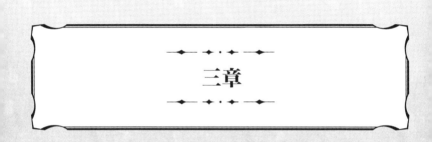

「孤児院の方々をお連れしました」

「ご苦労様です。奥までお通ししてください」

「かしこまりました」

神官の男が恭しく頭を下げ、執務室を出ていった。

ソファに深々と腰かける枢機卿レイニーは、こめかみをぐりぐりと指で押した。

聖女の死を知ってからロクに眠れていないのだ。無念にも処刑されてしまった彼女のことを思えば、呑気に眠ってなどいられない。

皇国や神官たちにはなんの通達もせず、王子たちは聖女を拘束し形だけの裁判で処刑を決めた。さらにはその日のうちに刑を強行したのだ。到底許されることではない。

それを、王位継承権を持つ第一王子がやったのだから笑いものだ。いや、決して笑えなどしないが。

他の貴族たちは誰も彼を止めなかったのだろうか。おそらく言いたくても言えなかったのだろう。

国王が病に侵されてから、王位を継ぐのがほぼ確実になった王子に歯向かう者はいなくなった。王女は他国に嫁ぎ、第二王子はまだ幼い。

「静観していた時点で同罪ですけれどね」

レイニーは今まで発したことのない低い声が出たことに驚いた。

聖女亡き今、神官たちがパニックにならないよう気丈に振舞ってはいたが、彼女も限界だった。娘のように可愛がった相手を、くだらない私怨で殺されたのだ。今すぐ王宮に乗り込んで、関係者を殺して回りたい衝動に襲われる。『枢機卿』のギフトを持つレイニーには容易いことだ。

彼女の口角が嗜虐的に吊り上がった。

「いけないですね。今から彼女の家族と会うのですから、冷静にならなければ」

この国への処罰は、直に教皇が下すだろう。

国同士の力関係は皇国のほうが圧倒的に強い。ギフテッド教は『ギフト』という実在する現象を信仰しているため、大陸で最も教徒が多い。

そのため皇国の影響力はその気になれば王国など一ひねりにできるほど大きい。皇国の中でも教皇に次ぐ地位を持つ聖女を手にかけるなど、セイン王子は愚かという他なかった。

「お連れしました」

初老のシスターが恐る恐る入室したのを皮切りに、ぞろぞろと子どもたちが入ってくる。青年が一人と、男の子が一人、女の子が二人だ。

「きらきら……」

「窓すごい！」

「ばか、お前たち、静かにしてろ」

そわそわと辺りを見渡す小さい女の子二人を、精悍な顔つきの青年が諌めた。

すみません、と申し訳なさそうに謝るシスターに、レイニーは優しく微笑む。

「この子たちの面倒を見ている、シスターのエリサです。ギフテッド教会からはいつもご支援いただき、ありがとうございます」

「アレンです」

「ミナ！」「レナ！」「……ロイ」

アレンは緊張感のない子供たちの頭を押さえつけ、無理やり頭を下げさせた。

ぐへ、と苦しそうに呻くが、その様子は楽しそうだ。男の子は大人しい性格のようで、ぼーっとしている。

「枢機卿のレイニーです。そんなにかしこまらなくても大丈夫ですよ」

柔らかい口調とは裏腹に、内心は胃に穴が開きそうだった。

今から、聖女の死について伝えなければならないのだ。半ば強制的に孤児院から取り上げた少女の死は、レイニーの責任でもある。

「枢機卿!? そんな高い地位の方と、直接言葉を交わすなんて」

「聖女様がそれだけ大切なお方だということです。そして今日は、聖女様のことについてお話があって、皆様をお呼びしました」

本来であれば、枢機卿とは教皇の補佐をするような立場である。

王国は聖女がいたため、彼女の補佐としてレイニーは派遣されていた。

神妙に立ち上がったレイニーを見て、孤児院の面々に緊張が走る。

「聖女様は亡くなられました」

「は……？」

レイニーは喉にパンが詰まったような苦しさを抱えながら、一つ一つ順序立てて説明していく。子どもたちにもわかるように優しい言葉で噛み砕き、誤解のないよう真実だけを伝えた。

子どもたちはシスターに抱き着き、泣き始めてしまった。アレンは目を閉じてわなわなと震えている。

全てを聞き終えた瞬間、アレンがレイニーに詰め寄った。

「ふざけるな！」

今にも掴みかかりそうな剣幕のアレンは、悲壮な顔で言葉を紡ぐ。

「あいつは、セレナは処刑されるようなことは何もしてないだろ」

「その通りです」

「なんで殺されたんだ！　あんたたちが守るんじゃなかったのか？」

「返す言葉もありません」

「なんであんたは、そんなに平気そうなんだ」

ふと顔をあげると、アレンの頬には涙が一筋流れていた。

「まだ十五歳だったんだぞ……？」

アレンは聖女がただのセレナだったころ、同じ孤児院で育った。年が同じだったので何をするにも一緒で、将来は結婚しようなんて冗談も言い合った。実は今でも本気にしていることは、誰にも秘密だ。

セレナに聖女のギフトがあると判明した時、本当は王宮になど行ってほしくなかったのだ。

『私が王宮で、アレンが孤児院でみんなを守るの。いつか戻ってくるから、その時けっこんしよう？』

九歳の身で精一杯出した決意を、アレンは尊重した。多くの子どもたちが成長に合わせて孤児院を出るのに対し、アレンはシスターを支え続けた。

「平気では、ありません」

聖女とアレンの関係は、レイニーも知っている。事あるごとに聖女が話してくれたからだ。

孤児院のことを話す聖女は本当に楽しそうで、微笑ましいと同時に羨ましかったのを覚えている。

レイニーは立場上、他の神官のようにふさぎ込むことはできなかった。涙を流すタイミングすらなく、感情を心の中に押し込めていたのだ。

しかしアレンの表情を見て、これまで我慢していた涙が堰を切ったように流れだした。

一度流れ出した涙はすぐには止まらない。

法衣が汚れるのも厭わず、目元を拭う。アレンはその様子を見て、数歩下がって頭を下げた。

「……すみませんでした」

「いえ、取り乱しました」

聖女の死を喜ぶ人間は、ここにはいない。

さらに何度か言葉を交わし、その共通認識を互いに持つ。涙が枯れるまで泣きはらしたあと、略式で死者を弔う祝詞を捧げ冷静さを取り戻したころ、本題を切り出した。

「ギフテッド皇国は、聖女様のご家族である皆様の亡命を受け入れることといたします」

「亡命？　なんでだ？」

平民の身ではあまり使わない丁寧な言葉は、アレンには少々難しい。レイニーはそれを咎めることはせず、話を続ける。

「この国は聖女様の結界によって魔物の侵攻を防いでいました。結界がなくなった今、再度魔物が現れれば長くは持ちません」

「魔物が来るのは確定なのか？」

「わかりません。魔物の行動は読めない部分も多いですから……。しかし以前の侵攻が再開すれば、今いる神官だけでは抑えられないのです。盟約を破った王国を助ける義理もありませんから、皇国は完全に手を引くことにしたのです」

「この国を見捨てるということか」

「はい」

もし王国に残れば、いつか来るかもしれない魔物の大群に怯えながら過ごすことになる。

聖女の愛した家族たちをそんなところに置いていくわけにはいかなかった。聖女を守り切れなかったレイニーにとって、彼らを守ることが使命だと感じている。あるいは、贖罪とでも言うべきか。

「断る。あ、いや、遠慮します」

「……理由を聞いてもよろしいですか？」

「あいつが命を懸けて守った国を、捨てる気はない。ここは俺たちの故郷なんだ。それに街にはお世話になった人たちもたくさんいる。全員で行くのが無理なら、俺は最後まで残るよ」

レイニーはアレンの言葉に、聖女の面影を見た。

聖女のギフトを得た時点で皇国に行くという選択肢もあった。だが今のアレンと同じように、故郷を守るために、と王国に残ることを望んだのだと聞く。

レイニーが視線を向けると、シスターも深く頷いた。子どもたちは意味がわかっていないのか、ぽかんとしている。

「聖女様が最後まで大切にしていたあなた方を、危険に晒したくないのです」

「ありがとうございます。でも、俺もセレナの意思を守りたい」

「……よくお考えください。私たちはいつでも歓迎いたします」

アレンの決意は固いようだった。

彼だって本当は一目も憚らず泣き叫びたいに違いない。でも、彼は信念を選んだ。

「とりあえず、その王子ってやつのところまで案内してくれ。俺が殺す」

「聖女様はそんなこと望みませんよ。争いが嫌いなお方でしたから」

「……そうだよな」


（生きるとは、戦うことである！）

だからごめんね、お仲間のゴーストさん。ケラケラ笑って楽しそうなところ悪いけど、お腹すいちゃったの。

これでも生前は『争いは何も生みません』としたり顔で言っていたんだけど、魔物になってみるとわかる。戦わないと死ぬのだ。

ホーリーレイで弱らせたゴーストを吸収してお腹を満たす。うん、美味しい。

魂の味は相手によって違うんだけど、ゴーストは今まで食べた中で一番美味しい。ワーストはスケルトン。

通りすがりのゴーストに舌鼓を打つけど、ゴズメズからは目を離さない。もう半日ほど歩いているのに、まだ本拠地に着かないのだ。結構遠いね。

物陰に隠れながらゆっくり追いかけているから、尾行はバレていない。不死の森ではスケルトンやゴーストは珍しくないから、気にしていないのかもしれない。

この森はアンデッド系の魔物がたくさんいるのだ。ファンゲイルはアンデッド系の魔物を生み出す『魔王』らしい。私がヒトダマとして生まれたのも、彼の術の影響なんだろうね。

魔物を生み出す魔物を『魔王』と呼び、ファンゲイルは『不死の魔王』と呼ばれている。アンデッド系の魔物を創り出すだけでなく、彼自身もアンデッドで死ぬことがないらしい。

(そういえば、ゴズメズもアンデッドなのかな？　そんな風には見えないけどなー)

ちょっと気になったので、神託を使ってみる。

『お告げ
種族名：不明
種族スキル：不明』

（ありゃ、だめだった）

試しにゴズを対象としてみたけれど、多分高位の魔物はスキルを跳ね返せるのかな。

私は初めてだけど、レイニーさんにそんな話を聞いたことがある。

ちなみにメズに使わなかったのは、スキルがかけられたことを気取られる可能性があったからだ。神託には独特の抵抗感があるらしく、わかる人はわかる。ゴズは鈍感そうだからきっと大丈夫！

（お、あそこかな？）

景色が変わらない森を歩き続け、見えてきたのは大きな砦だ。石造りの堅牢な作りで、苔やツルに覆われている。

その昔、ここが王国の領土だった時に建てられたもので、国境の警備や哨戒のための兵が拠点としていた場所だ。ファンゲイルの侵攻によって陥落し、そのまま奪われてしまった。

そもそも、この森はもともとアンデッドが闊歩する危険な領域ではなかった。

自然の実りと動物たちで溢れる、豊かな大地だったのだ。しかしファンゲイルが拠点としてから、常に薄暗く陰気な空気が立ち込め始めた。

「やっと着きおったか」

「ゴズとメズである。ヒトダマの回収から戻った」

「カタカタ」

剣と盾を構え、金色の兜を被ったスケルトンが顎を鳴らして門を開けた。

その辺に転がっているスケルトンとは明らかに格が違う。骨も一つ一つがいぶし銀のように鈍く輝いていて、背筋をピンと伸ばしている。

その門番がぺこぺこしているから、ゴズメズはやっぱり位が高そうだ。

さて、どうやって入ろうかな。

(んん？　結構みんな普通に入っていくね)

ゴズメズを遠目で見送ってしばらく門を観察していると、時折中に入っていく魔物たちがいた。

彼らのような話す魔物でなくとも、普通のスケルトンやゴーストも門を通過していく。

門番スケルトンは格下に対しては気さくな感じで手を上げて門を開ける。結構感情豊かだ。スケルトンやゴーストは特に反応せず、静かに入っていった。

(私も普通のゴーストのフリして入ろう！)

一人で行く勇気はなかったので、一匹のゴーストがゆらゆらと砦に向かうのに合わせてついていった。

ゴーストたちもヒトダマと同じく、私みたいに意思がはっきりしているわけではない。でもちょっとは頭が働くみたいで、ふらふらしながらもしっかりと門に向かっていく。

(怪しまれないように動きを真似して……っと)

真っすぐ飛んでいけたら早いのに、じれったい思いをしてようやくたどり着く。

「けら！」

「カタカタ」

おお、近くで聞くとちょこっと挨拶してた！

私もそれやりたい。

「カタカタ」

「あはは！」（いぇーい）

門番スケルトンが陽気に手を上げてきたので、手と呼ぶには寂しい小さな突起を突き出して、ハイタッチした。触れないけど大切なのは気持ちだ。

どことなく呆気に取られた表情をした気がするけど、気にしない。

私はついに『不死の魔王』ファンゲイルのアジトに足を踏み入れた。

ファンゲイルが住まう砦の中に入ると、中はアンデッド系の魔物が闊歩していた。森で徘徊している魔物たちとは違い、武器を持つスケルトンが多い。スケルトンソルジャーなどの、少し強いスケルトンだね。門番スケルトンほど強くないと思うけど、数が多い分彼らが魔王の主戦力なのかもしれない。

砦の中に動物のスケルトンはあまりいないみたい。

（ゴズメズはもう見えないね。ついていけば早かったのに）

魔王の姿を確認して、できるなら侵攻の予定とか戦力とか、そういった情報が欲しい。

レイニーさんに伝えれば、何かしらの対策をとってくれると思うんだ。死霊の身体だと近づいた瞬間消滅させられそうな件については、後で考えよう。

（うわぁ、あれゾンビだ）

同じ遺体にヒトダマが取り憑く『憑依系』でも、骨しかないスケルトンに対して死肉がついたままになっているのがゾンビだ。筋肉は腐り落ち、目玉が飛び出ている。うう、気持ち悪い。臭いを感じられない身体で良かった。ゾンビは強烈な死臭を発するうえに疫病の温床となるので、スケルトン以上に嫌われている。

(ゴーストはいるけど……進化形っぽいのはいないかな?)

どうやったら進化できるか知りたかったんだけどなぁ。

もしやもう進化しないとか……いやいや、何か方法があるはず!

とりあえず当初の目的を果たそう。

本拠地の場所は確認できたから、あとはファンゲイルを探して、何かしら情報が欲しい。無茶して殺されたら嫌だから慎重にね。

(私、知ってるの。偉い人は高いところに行きたがる!)

砦の構造はよく知らないので、まずはしらみつぶしにして階段を探そう。

外から見た感じ、三階くらいまであったかな?

(ていうか、天井をすり抜けたら早いじゃん!)

思い立ったが吉日。さっそく上に登っていった。あまり高く飛べないけど、天井くらいなら届く。

ゴツン、って感じでぶつかった。ズルはダメってことかな。砦の中に死霊はたくさんいるから、何か対策してないと通り放題だもんね。

ゴーストっぽい動きを心がけて移動する。

ゆらゆら、ふわふわ。

気分は湖に浮かんでいる感じ。流れに任せて移動する。

リラックスできて気持ちいいんだけど、周りがカタカタうるさいから微妙。スケルトンばっかりだからね。

ゴズメズのように人語を話す魔物は今のところいない。そりゃそうだ。あんな強いやつが何体もいたら困る。

（お、ここは食堂かな？）

この砦がまだ王国の持ち物だった時、兵士の食事に使われていた部屋は、そのままスケルトンの食事処になっていた。

アンデッド系は既に死んでおり不眠不休で戦える魔物であるが、まったく食事がいらないわけじゃない。魔物になってわかったけど、結構お腹空くんだよね。

彼らが食べるのは魂だ。

観察していると、一匹のスケルトンが厨房から木のボウルを受け取って椅子に座った。中に入っているのは、数匹のヒトダマだ。

（ええええ！　養殖場のヒトダマってこういう使い道!?）

戦力がどうこう言ってたから戦わせるのかと思いきや、ご飯だった！

ゴズメズに捕まっていたら私もこうなっていたのか……危なかった。

（まあ私もヒトダマは好物です！）

浮かれ気分で厨房に向かう。

死霊になってから主食はもっぱらヒトダマさんだ。お世話になってます。

彼らのおかげで死のショックを忘れられたといっても過言ではない！

ヒトダマって魂の魔物なわけだけど、私みたいに前世があるのかな？

だとしたらかなり気まずい。ギフテッド教の教えでは死んでもヒトダマになるわけじゃないって話だったけど、私ヒトダマになっちゃったからなー。

まあ生きるために食べるんですが！

人間だったころの感覚はどこへ行ったのか、とつくづく思う。

「うふふ」

厨房にいたコックスケルトンに短い手を上げてアピールする。

他のスケルトンより骨が綺麗で身体が大きいから、ちょっとランク高そうだね。手には剣の代わりに包丁を持っている。

「カタカタ」

コックスケルトン（私命名）は猪の首でも落とせそうな出刃包丁を持って、近づいてくる。へい、一番生きのいいやつ頼むよ！

ヒトダマはどこに収納されてるんだろ。ゴズメズが持ってた甕みたいなやつかな。

手ぶらでやってきたコックスケルトンはなぜか私に手を伸ばし、大きな手のひらでがしっと掴まれた。

「あは？」

（へ？　なんで私のこと触れるの？）

ヒトダマを調理するコックだから、霊体に干渉できるスキルでも持っているのかもしれない。

捕獲された私はそのまま厨房に引き込まれ、まな板の上に置かれた。

これはまさか……と思っていると彼は出刃包丁をキラリと煌めかせ、振り上げた。

（私、エサだと思われてる⁉）

一番生きの良いのは私でした。ぴちぴちの享年十五歳だからね。

そんなこと言っている場合じゃない。

（ひゃあああ、食べないでぇええ！　ファイアーボール！）

聖女の魔法は使わない。聖属性の魔力はアンデッドにとって弱点だから、みんな敏感なのだ。感づかれる恐れがある。

派手な火の玉で怯ませた隙に厨房を飛び出した。

（ひどい目にあった……）

スケルトンにむしゃむしゃ食べられるなんてやだよー。

気を取り直して探索を再開する。

（えっと、武器庫かな？）

次に見つけたのは武器庫だった。

敵の戦力分析も目的の一つである。私はこっそり武器庫に侵入した。

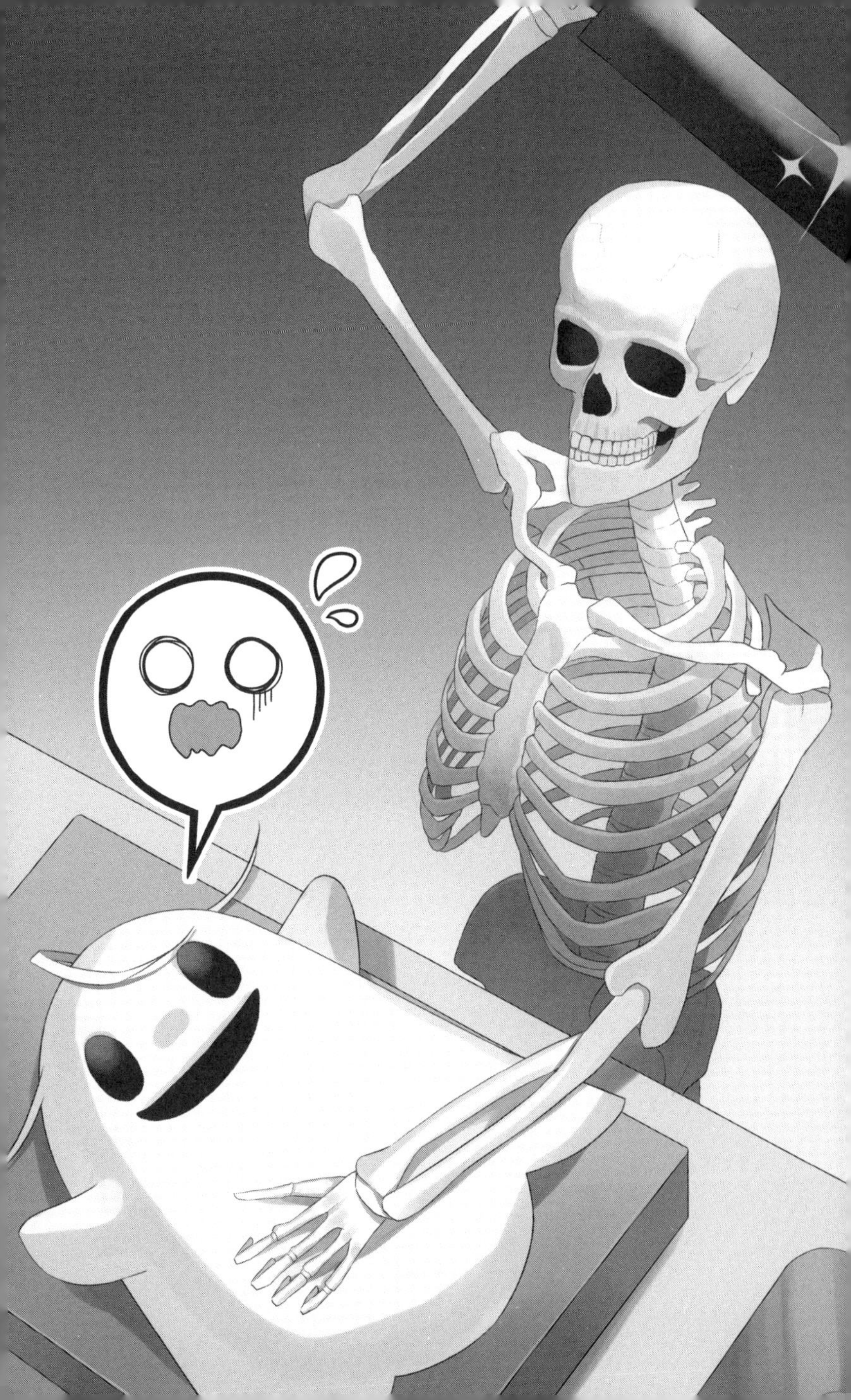

剣や盾、全身鎧に槍、弓、斧など、多種多様な装備が並んでいた。

砦にもともと備え付けられていたものが多いのだろう。ほとんどが古くなって錆びている。スケルトンたちが装備している武器もボロボロなので、手入れしたり武器を作ったりする技術はないのかなー。

ゴズメズや門番スケルトンはちゃんとした武器を持っていたので、高位の魔物はやはり武器も強い。

カチャ。

(ん?)

何か音が鳴った気がする。

しかし、武器庫を見渡しても私以外の魔物はいない。気のせいかな。

カチャカチャ。

違う、今度ははっきりと背後で金属が擦れる音がした。

恐る恐る振り返る——が、そこには鎧が並んでいるだけだった。風でも吹いたのかもしれない。

私は前に向き直って、またすぐ振り返った。

フェイントをかけた私の目に飛び込んできたのは、変な体勢で停止する全身鎧だった。

前屈みになって急停止するものだからバランスを崩して、倒れこむ。その拍子に兜が外れて転がった。

(この程度のフェイントに引っかかるなんてまだまだ——え?)

鎧は空っぽだった。

（てっきりスケルトンが入ってると思ったのに！）

そういう魔物がいるのは知っているけど、ふいに来られるのはびっくりするよ！

エアアーマーという憑依系の魔物だったはず。起き上がってくる前に逃げよう。

「カチャカチャ」

自分の頭を持って起き上がるエアアーマーを尻目に、武器庫を出た。

いろんな魔物がいるね……。

（やった、階段発見）

武器庫を出て少し行ったところに、上へ向かう階段があった。

ひょっこり顔を出して様子を窺う。うーん、上に向かう魔物は誰もいないね。

スケルトンもゴーストも、好き勝手徘徊しているように見えて階段には近づかない。

まるで、立ち入りを禁止されているように。

（ふふふ、これじゃ魔王がいますよって言っているようなもの！　私ったら名推理）

バレたら迷い込んだフリして許してもらうとしよう。ようやくファンゲイルを発見できるかも。

天井の高さを超える時に少しだけ身体が重たくなる感覚があったけど、問題なく二階に上がることができた。結界というほど強力ではないものの、無理に入ろうとしなければ通れない空間だ。

二階は一階とは打って変わり、閑散としていた。通路を歩く魔物は一匹もいない。

すぐ目の前に上り階段があったので、三階の様子も見てみる。しかし三階は外を警戒したり弓を構えるための屋上階になっていて、関係なかった。

二階に戻り、探索を再開する。

(下っ端は入っちゃいけない場所なのかなー)

一階とほぼ同じ構造とは思えないほど広く感じる。

いくつもある部屋は扉が占められていたので、死霊の身体を利用して侵入する。すり抜けるのは便利だ。

どの部屋も魔物の気配はない。よくわからない道具や書物が並んでいて、実験施設のようにも見える。

(うへ、骨がたくさん置いてある)

ある部屋には、大小様々な骨が無造作に積まれていた。

最近は魂の有無が感覚的にわかるようになってきたので、この骨がスケルトンでないことはわかる。

スケルトンを作るために使うのかな。

「ファンゲイル様……」

「ああ……それで……」

誰もいない廊下を彷徨っていると、うっすらと話し声が聞こえてきた。

ひと際大きな扉の前に行って、耳を澄ませる。耳なんてないけど。

「じゃあ……」

「そうか……」

扉に遮られて、かすかに話し声が聞こえるだけだ。内容までは聞こえない。

中がどういう構造になっているかわからないけど、入るしかないようだ。どうせならファンゲイルの姿も見たい。

正面から突入するのはリスクが高いと思うので、隣あった部屋に一度入り横の壁をすり抜けていくことにする。

（バレませんように）

バレたら壁を抜けて外に飛び出そう。ゴーストだから落ちて死ぬということもない。

そーっと壁に頭を付けて、ひょっこり顔を出した。よし、偶然燭台の裏に出られた。

中は広間になっていて、扉の反対側にはいかにもといった感じの玉座がある。ここからは陰になって見えないけど、そこにファンゲイルが座っているのだろう。

部屋の中心、カーペットが敷かれた場所にはゴズメズが跪き、言葉を交わしている。

私は大きな燭台の裏で息を潜める。

「君たちのおかげで兵士がだいぶ増えてきたよ」

「光栄です」

「今はガシャドクロたちがいないからね。君たちが頼りだ。まあ、聖女のいないあの国なんて、スケルトンソルジャーでも十分だね。ああ……やっとだ。やっとアレを手に入れられる。王国にあると知ってから十年くらい経ったかな。ああ、聖女さえいなければもっと早く」

ファンゲイルは少年のような声で憎々し気に私のことを語る。ひい、恨まれてるよ。

魔王が王国にある何かを求めている？　うーん、今の話だけじゃよくわからないな。

「そ、それでは儂らも幹部に……！」

「ゴズ！　やめろ」

「あはっ、君たちまだBランクでしょ？　ヒトダマの回収をしたぐらいで調子に乗りすぎかな」

「も、申し訳ありません！」

「君たちがアンデッドになるというなら、考えなくもないよ。ふふ、半獣半人の死体には興味があったんだ」

明るい口調とは裏腹にゾッとするような冷たさが潜んでいる。

ゴズメズはBランクなんだね。そりゃ強いわけだ。でも、ファンゲイルの幹部にはもっと強い魔物がいると。

言外に殺してアンデッドにするぞ、と脅されたゴズは震えあがって再度謝った。

「ヒトダマの回収といえば、東の養殖場で妙なゴーストと遭遇いたしました」

私の話だ！

メズが淡々と説明していく。姿を見て機敏に逃げ出したゴーストがいたこと。障害物を利用して器用に逃げ、あまつさえ結界を使用して見せたこと。

「ゴーストが？　ふーん、聞いたことないね」

「ファンゲイル様でもご存じありませんか」

「アンデッドについては誰よりも詳しい自信があるんだけどね。残念ながら僕も知らないよ」

まさか聖女がヒトダマになってるなんて思わないよね！

結界の魔法は私が一番得意とするものである。伊達に六年間、国を囲い続けていない。もっとも今は魔力が減っているからそんなことはできない。

「もし見つけたら殺さないでね。ぜひとも研究したいな」

「はっ。かしこまりました」

「これからもヒトダマの回収はしてもらうし、その時に見つかるかもね。ゴースト一体進化させるのに千体も必要だから、ヒトダマはいくらあってもいい。スケルトンのご飯にもなるし」

おお、思わぬところで次の進化条件が判明した。やっぱり必要素材が足りなかったんだ。素材がないと条件を見られないのは不便だ。

その後も彼らは他愛のない会話を続けていく。魔王と配下という関係なので、和気あいあいという感じではない。それでも話せる魔物は少ないのか、ファンゲイルは楽し気に笑っている。

（すぐにでも侵略！　って感じではないかな？　最後にファンゲイルの姿を見ておきたいな）

燭台からおっかなびっくり顔を出す。三人は会話に夢中で、壁際に目をやることはないはずだ。たぶん。

（ようやく魔王とご対面……）

どこから持ってきたのか黒く禍々しい玉座に腰かけるのは、美少年だった。髪は絹のようなプラチナ、顔立ちは声と同じく幼い少年のようで、あどけなさが残っている。魔法使い然とした紺色のローブを纏っていた。

貴族のミーハーな令嬢たちなら思わずうっとりするような容姿だけど、それよりも衝撃的な光景に目を疑った。

（なんかオシャレした骨を抱いてるんですけど⁉）

骨に真っ赤なドレスを着せて、まるで恋人のように抱き寄せていた。

え？　なになに怖い。

どういう趣味なの⁉　不死の魔王は死体が好きなの？

スケルトンではない。魂は感じられないから、ただの死体だ。

女性の白骨死体なんだろう。ファンゲイルは骨を傍らに座らせて、肩を抱いている。時折愛おしそうに頭を撫で、頬を寄せる。隣にいるのが骨でなければ絵になる光景なんだけど、恐怖しか浮かんでこない。

（へ、変態だぁあああああ）

『不死の魔王』ファンゲイルは私の常識では測れない、とんでもない男だった。

プラチナの美しい髪、眉目秀麗。しかし死体が恋人。アンデッドを操る魔王は嗜好も歪んでしまうのか。ひい、私も捕まったら弄りまわされる！

「あれ？　誰かいるのかな」

ファンゲイルがちらりとこちらに視線を向けた瞬間、槍が飛んできた。メズが恐ろしい反応速度で投擲したのだ。

ガチャンという音がして燭台が倒れる。物質は透過するのでダメージはないけど、姿を隠していたものがなくなり、完全に露わになった。

「ゴースト？　まさかあの時の⁉」

ゴズが立ち上がり斧を構えた。

ファンゲイルは興味深そうに口角を上げるだけで、変わらず骨に身を寄せている。

（見つかった！　逃げよう！）

あらかじめ決めていた通り、壁から脱出することにする。

（ふぎゃっ）

しかし、何かに阻まれて通り抜けることができなかった。こっちから来たのに、なんで？

「逃がさないよ」

ファンゲイルがいつのまにか杖を手にし、掲げていた。彼も結界術を使えるようだ。聖属性の魔力は感じないから、私とは違う方法みたいだね。なんの属性かはわからない。

「あはっ、盗み聞きしていたのかな？　ゴーストとは思えない知能だね」

「あははは」

笑ってくれたので笑い返した。喋れないからね。

それにしても、まずい状況だ。

相手はアンデッド大好きな変態魔王とBランクの手練れ二人。

かたや、私はいたいけなゴーストちゃん。まず勝ち目がない。

相手は即座に結界を張ることのできる使い手だ。無論、彼の手札はそれだけではないはず。彼自身が戦わずとも、ゴズメズやスケルトンたちを大勢けしかけられれば為す術がない。

ちょっと様子を見てみよう、なんて気持ちで入ってきたのは迂闊だったと言わざるを得ないね。ゴーストになって多少魔力が増えたことだし、いざとなればホーリーレイと結界を使いまくれば逃げることくらいはできるだろうか。

「ファンゲイル様、私が捕まえます」

「いいや、僕がやるよ。こんなゴーストは初めてだ」

ファンゲイルの言葉にメズは大人しく引き下がった。

彼は玉座から立ち上がって……って、骨も持ってくるの？　左腕でぬいぐるみのように抱えた人骨は、振動で足を揺らしている。右手に持った身の丈ほどの杖は油断なく私に向けられていた。

（見逃してくれませんかー？　無理ですかー？）

手をばたつかせて必死にアピールするけど、ファンゲイルはニヤニヤするだけで取り合ってくれない。

こうなったら結界をこじ開けるしかない。

あの速度で結界を張れるんだから、どっちに逃げても結界に阻まれるはずだ。ホーリーレイで割れるといいな。

アンデッドの魔王だから、聖属性が弱点だよね、という希望的観測です。

「見逃さないよ。無理だね」

（ん？　聞こえてます？）

「聞こえてるよ」

「ファンゲイル様、ゴーストと話せるんですか？」

「いや、普通はゴーストに意思なんてないんだけど、あの子は特別みたいだね。ゴーストの声なんて楽しい、かお腹空いた、しか聞いたことないよ。上位のスケルトンとかだと、喋れなくても心の声ははっきり聞こえるんだ」

なんと。アンデッドを創り、操る魔王は声に出さなくても考えが伝わるらしい。

私はヒトダマの時から生前の記憶と意識がはっきりしていたけど、レアケースだったみたい。

「さて、君が何者か聞いてもいいかな？　大丈夫、悪いようにはしないよ。アンデッドには優しいんだ、僕」

ファンゲイルは少年のような無邪気な顔で問いかけてくる。言葉の通り敵意は感じられないけど、私が聖女だったと知ったらどうなるだろうか。

彼を説得して侵攻を止められるならいい。だけど、十年近く王国を攻め続ける理由があるようだった。となればたとえ軍門に下ったとしても、孤児院を助けられない可能性が高い。

それはダメだ。私はアレンと約束したんだから。二人で孤児院を守ろうって。

「僕と話すにはね、心の中で強く念じればいいよ。技術的なことを言えば、魂の波長を発するんだ」

思考全てが垂れ流しというわけではないらしい。

（私は悪いゴーストじゃないよ！）

「あはっ、何それ。ゴーストに良いも悪いもないでしょ。話せるってことは、元人間なのかな？」

（うん、そうだよ）

極悪非道の魔王、という聖女時代に抱いていたイメージとはかけ離れた雰囲気に少し困惑する。彼は見た目上人間と変わらないし、口調も穏やかだ。

私が魔物だからなのかもしれない。今のところ、身の危険は感じなかった。ゴズメズも私の声が聞こえないからか大人しくしている。

だったらすることは一つ。情報収集だ。

「意識を保ったままゴーストになるなんて……相当強いギフトでも持っていたのかな」

ファンゲイルは静かに核心をついてきた。

「意識を……？　ファンゲイル様、どういうことですか？」

焦る私をよそに、メズが疑問を口にした。ゴズはこういった場面では口を出さないことにしているようで、斧を構えたまま無言で私を見据えている。

対して、頭蓋骨のような意匠の入った身の丈ほどの杖で身体を支えるファンゲイルに敵意はなかった。あるのは純粋な好奇心だ。

「ヒトダマっていうのは身体から抜けた魂が魔物化したものなんだよね。僕の場合は術式で故意に魔物化してるわけだけど、魂と記憶は関係ないからね、普通は意識なんて残らないんだ」

「しかし、アンデッドでも高位の魔物だと話したり意思があったりするではありませんか」

「あれはアンデッドになってから芽生えたものだよ。人間の中じゃ生前の未練がどうとかっていう話もあるけど、関係ない」

おお、やっぱり高位になれば話せるんだ。

今のところ笑い声しか出せないが、希望が見いだせた気がする。それもこの場を切り抜けないことには始まらないけど。

「そもそも魂っていうのは人間だけに限らず、全ての生物が持ってるんだ。そして、それらに貴賤はなく、まったく同じ強度の魂なんだよね。だから皆等しくヒトダマにできるし、進化すれば人型にも獣型にもなれる。魂なんて生物の核でしかなくて、記憶や意思は全て肉体にあるからね。ただし唯一の例外が、人間だけに与えられる『ギフト』だ」

『不死の魔王』ファンゲイルは、魔物の王というより研究者のような男だった。

実際、アンデッドについては誰よりも知識を持っているのだろう。暴虐無人で人間を殺す凶悪な魔王、という抱いていたイメージとはかけ離れていた。物腰は穏やかで、理知的だ。見た目にも人間にしか見えない。

もっとも、片腕に人骨を抱いていなければ、の話だが。

「ギフトについては僕もあまりわかっていないけれど、簡単に言うと魂に刻み込まれるものなんだ。それも死ぬときに消滅することがほとんどなんだけど、たまにギフトを残したまま魂が抜けることがある。そういう魂は死霊になってもギフトを使える場合があって、僕も重宝しているんだけど」

話している間も、ファンゲイルは私から目を離さない。メズとの会話に夢中になっている隙にこっそり移動しようとしたら、箱型に作られた結界に閉じ込められた。

（いやだ！　出して！）

「ギフトが残ると、意識も魂に残るのですか？」

「ううん、そんな事例は今までなかったよ。でも、可能性が高いのはそれかなって」

手で叩いても突進してみても、結界はびくともしない。

生前の私だったら突破できただろうか。間近で見てみると、これは魔法障壁で物質を遮断する効果はない。しかし魔法生命体の私にとっては、難攻不落の檻だった。

アンデッドを生み出すのも、ファンゲイルの魔法か。そう考えると、彼は魔導士なのかもしれない。杖も持ってるしね。

「さて、君のギフトは何かな？」

（……知らない）

「ふーん、しらばっくれるんだ」

言えない。聖女なんて。

彼の目的を数年間に渡って妨害し続けた張本人なのだから、素直に告げたら殺されるに決まってる！

孤児院を守るために最終的には魔王と事を構えるつもりだけど、今から突然戦うのはあまりに無謀だ。せめてもっと進化してからじゃないと話にならない。

（それより、なんで王国を攻撃するの？）

「何、君あの国の人？　教えないよ」

ファンゲイルがすっと目を細めた。

若干苛立ったように、杖の石突で床を鳴らして一歩近づく。

むむ、どうしよう。今までは好調だった行き当たりばったりの性格が災いしている。

もともと後先考えるのは得意じゃないんだ。でも行く当てもなかったし、砦にやってきたのは間違いじゃなかったと思う。ここからなら王国の方向もなんとなくわかるし、戦力もある程度掴めた。レイニーさんに会えれば状況を伝えることができる。

だがそれも無事逃げおおせたらの話だ。

「答える気がないならそれでもいいよ。アンデッドは僕に逆らえないから、無理やり聞くとするよ――ソウルドミネイト」

ファンゲイルは杖をかざして小さく呟いた。杖についたドクロの瞳が怪しく光る。

聖属性以外の魔力を知覚するのは苦手だけど、彼の放った魔力が私の身体に降りかかるのがはっきりわかった。

「知ってる？　アンデッドは肉体との結びつきが弱かったり、そもそも肉体がなかったりするから、魂に直接作用する効果に弱いんだよ。この魔法はそんなアンデッドを完全に支配する」

私の身体を彼の魔力が包み込んだ。泥沼の中に落ちたかと錯覚するほど重く、まとわりつく闇の魔力だ。神秘的で春風のような聖属性の魔力とは正反対で、気分が悪い。

「君はなかなか面白い子みたいだからね。研究が終わったら仲間にしてあげるよ」

（やだ、何これ。う、動け――）

る。え？　全然動ける。

操られている感じもない。闇属性の魔力は変わらず私の中に入り込んでくるけど、聖属性の魔力がそれを打ち消している。魔法自体は発動しているようで、ファンゲイルは相殺されていることに気が付いていない。

聖属性は闇に対して優位に立てるから、効かないみたい。なんで死霊の私は自分の魔力でダメージを受けないんだろう。

「これでよし、と。じゃあゆっくり聞かせてもらおうかな」

ファンゲイルが私を閉じ込める魔法結界を解除した。魔法の効果に絶対の自信があるのか、ソウルドミネイトがかかっていると信じて疑わない。

まだ動かない。今動いてしまえば逃げ切る前にまた結界を張られる。動けないフリをして、その場で固まった。

ファンゲイルは青白く生気のない顔をほころばせて、ゆっくり玉座に戻った。

無機質な石壁を背に目で追う。元は会議室か何かだったのかもしれない。魔王仕様に設えられた部屋は、ただでさえ広いのに三人と私しかいないので閑散としている。

「こっちにおいで」

優しい声音だ。ともすれば無邪気な少年のようにも聞こえる声だが、実年齢は窺いしれない。

ファンゲイルの内から溢れる禍々しい魔力が、人間ではないことを如実に語っていた。闇の魔力は魔物しか持たないからね。

(はい)

私はすーっと空中を泳いで、部屋の中央、ファンゲイルの正面に移動する。壁から離れると逃げ道が遠くなるんだけど、彼が杖を手放すまでは逃亡は難しい。

(その骨の子は、あなたの恋人?)

「恋人……なのかな。僕の一番大切な人だよ」

(ふーん)

魂も入っていない骨が一番大切だなんて、少し気味が悪い。自然と魂の有無を判断基準にしたあたり、私も死霊の考え方になってるね。

もしくは、大切な人の死体なのかもしれない。それでもなかなか猟奇的だ。

「ゴズ、メズ。もう戻っていいよ。僕はこの子と話したいんだ」

「うむ、承知いたした」

「……そのゴーストは普通ではないようです。万が一ということも」

「普通じゃないから捕まえたんじゃないか。いいから行きなよ」

ファンゲイルは反論されるとすぐイライラするね。

王宮にもいたなぁ。王子と同じタイプかも。自分の思い通りにならないとすぐ怒るんだよね。まあ王子の場合はもっと酷くて、取り巻きの貴族がちょっとでも忠言しようものなら烈火のごとく怒鳴り散らしていた。機嫌を損ねれば領地や財産を取り上げられるから、いつからか王子に文句を言う人はいなくなり、従順な人だけが残ったんだよね。

王様がまだ元気だったら私も処刑されずに済んだのかなぁ。

宰相や現王派の貴族たちも、処刑とまではいかないけど弱みを握られ地方に飛ばされていったんだよね。王様が病に倒れてから、王子はやりたい放題だ。

それと比べれば、ファンゲイルは一応メズの話も聞いているみたいだし、脅すだけで本当にアンデッドにしたわけでもない。うん、比較対象がクズすぎた。

「……かしこまりました。失礼いたします」

ゴズメズが部屋から出ていき、私とファンゲイルだけが残された。

彼は抱きかかえる人骨に頬を寄せ、頭を撫でた。恋人同士のようなやり取りに寒気が走る。怖いよ……。

「やっとゆっくり話せるね。君みたいに意識のはっきりしたゴーストは初めて会うから、興味深々だよ」

(あなたは不死の魔王ファンゲイル?)

「うん。こう見えても五百年は生きてる。不死の名は僕自身が不死であり、不死の軍団を持つから付けられたんだ」

(へえー)

王国では知りえない情報だった。

『不死の魔王』ファンゲイルという存在を知ったのも、他国から王国に移動したという知らせを受けた時に聞いただけだという。彼は一度もその姿を見せることはなく、アンデッド系の魔物を送り込み続けた。

「僕もいっぱい聞きたいことがあるんだ。最初はヒトダマだったの？　それとも生まれた時からゴー

スト？」

（最初はヒトダマだったよ）

「そのころから意識はあった？」

（うん）

「すごい、すごいよ！　それが再現できれば、死者の復活だってできるかもしれない！」

ファンゲイルは興奮して立ち上がり目を輝かせた。研究者気質なのかな。

さっきから話している感じ、全然悪党には見えないんだよなぁ。とても私欲のために王国を滅ぼそうとしている人には見えない。

まあ人間が躊躇いなく魔物を殺すように、魔物からしたら人間なんて敵でしかないのかも。

「じゃあずっと進化してきたんだ。やっぱりソウルドレインで魂集めたの？」

（そうだよ）

「ふむふむ。いやー、高位の死霊でも、ヒトダマだったころのことなんて誰も覚えてないからね。貴重な話だよ」

いくつかヒトダマに生まれ変わった後のことを聞かれたので、素直に答える。オニビになりキツネビになったこと。

ファンゲイルはそれを楽しそうに聞いていた。

（死霊が好きなの？）

「好きかどうか……うーん、難しいな。目的のために始めた研究だったけど、今じゃ結構好きかも。

君のことも大切にするから安心してね」

(研究をするために王国を襲うの？)

「ちょっと違うけど、そんな感じだよ」

私から結構質問しているけど、不審がられたりはしてないね。闇の魔力は身体の制御を奪おうとはしてくるけど、思考には最初から影響なかったから会話自体は普通にするつもりだったのだろう。

もしかしたら自白させる効果くらいはあるかもしれないけど。

「そういえば、結局君のギフトについては聞いていなかったね」

忘れていてくれて良かったですよ。

とは当然言えないので、頭を捻ってなんとか口を開いた。口から声出してるわけじゃないけど。

(ギフトなんてなかったよ)

「本当に？　――ソウルドミネイト」

(うん)

「ふーん。じゃあ別の原因かもな」

ソウルドミネイトが有効だったら、王国の皆を助けることができずここで殺されていただろう。命は助かっても、彼の仲間にされていたに違いない。つくづく危ない橋を渡っていたんだな、と実感する。

これが攻撃魔法であったら、結界なしでは防げなかっただろう。内面に作用する複雑な魔法だったからこそ、内部の聖魔力で相殺できた。

「君が生まれたのは東の養殖場だよね？　調べれば何か出てくるかな」

そう言って彼は、杖を立てかけて骨を両腕で抱いた。

――今だ！

「は？」

私はその瞬間、踵を返して窓がある壁に向かって走った。足はないけど、気分的に全力疾走だ。

「効いてなかった⁉　まさか」

背後で杖を取った音がする。一拍遅れて、目の前に魔法結界が現れた。

私は即座に聖魔力を練り上げて、前方に射出する。

（ホーリーレイ）

闇魔力から創り出された結界は光線によって呆気なく貫かれ、私が通れるくらいの穴を開けた。

「あっそ。そういうこと」

低く、憎しみの籠った声だった。ついさっきまでの明るい声はどこにいったのか、今あるのは純粋な殺意だけ。

「アイシクルショット」

（聖結界）

高速で飛来する氷の弾丸を、物理と魔法両方を防ぐ結界を張ることで防いだ。

よし、行ける！

魔王との最初の邂逅は、九死に一生を得て逃げ伸びることができた。

情報も手に入ったし、結果良ければ全てよし、ってね！

四章

孤児院で聖女とともに育ったアレンは、王都の外れで枢機卿レイニーと相対していた。

沈痛な面持ちで目を伏せるレイニーに対して、アレンの表情は決意で満ちていた。

「本当に、よろしいのですね」

レイニーに呼び出され、皇国への亡命を提案されてから数日が経った。朝の出発ギリギリまで結論を待ってもらったのだ。

「ああ。この国を見捨てたら、あいつが死んだ意味がなくなっちゃうからな」

「あなたが息災であることが、何よりも聖女様の願いだと思いますが……」

この問答は幾度となく繰り返されたものだ。

無論、本当に魔物が攻めてくる保証はない。結界がなくなり魔物被害が増えることは間違いないが、今すぐ滅びるという話ではないだろう、とレイニーは考えていた。

だが愚かにも聖女を処刑した国に未来などない。ならば、彼女の家族は助けたい。アレンは何度もその説得を聞いたが、それでも決意は揺るがなかった。

「妹と弟をよろしく……お願いします」

ぎごちない言葉遣いで頭を下げた。

「神に誓ってお守りしましょう」

もっとも、アレンは孤児院で面倒を見ていた三人の子どもたちまで、己の我がままに付き合わせる気はなかった。アレンにとって、そして聖女にとっても三人は大切な家族だ。危険に晒すのは本意でない。

よって、子どもたちとシスターは皇国に預けることにしたのだ。レイニーの言葉に甘える形になる。

「あなたのことも、いつでも受け入れる準備はしておきます。命の危機を感じたら、いつでも皇国に」

アレンが王国に残ったとして、何かできるだろうか。

彼はギフトもなければ、冒険者や兵士のように戦う術を持っているわけではない。彼が残ったとしても、魔物を打倒しうる力はない。

だが彼は王都に多くの知り合いがいる。今でこそ五人で暮らしている孤児院であるが、幼少期を孤児院で過ごし一人前となって巣立っていった者たちは多くいる。アレンは彼らを見捨てることなどできなかったし、事情を伝えてともに立ち向かうつもりでいた。

「この国はあいつが育ち、守り、死んだ国だ。俺も死ぬときはこの国で死ぬ」

「それが、聖女様を殺した者のせいであっても？」

「ああ。それにこの国にいれば……あいつが戻ってくるような気がして」

アレンのその言葉に、レイニーは何も返さない。

ただ小さく息を吐いて、踵を返した。出発の準備はできている。後は馬車に乗り込むだけだ。

「ありがとうございました」

アレンの行動は、意味のないことかもしれない。それは本人も重々承知だ。

それでも、国を離れるという決断はできなかった。

ここは、聖女と育った国だから。

第一王子セインは、次々にやってくる部下から報告を受けていた。

国王が病で表に出なくなって数年、政治的にも軍事的にも彼が最終的な決定権を握っていた。支配していると言い換えてもいい。

ここまでの地位に上がるまで、決して楽な道のりではなかった。

王位継承権を持つ王子と言えど、国内に敵は多い。また明確に敵でなくとも、崩御する前から実権を握ることに反対する重鎮も多くいた。

彼はその全てを、権謀術数の果てに退けてきた。権力を握るためならなんでもした。政敵を暗殺し、人質を取って有力貴族を従わせ、不都合があれば揉み消した。

一つ間違えば自らを追い詰めるような策で、薄氷の上を歩きながらも全てをやり遂げた。彼は政戦に長けていた。

そしてついには、王宮内でセインに逆らうものはいなくなった。

「くそっ、あの忌々しい聖女がいなければ」

ギフテッド教会を除いては。

王国内に支部を構えていても、厳密には皇国に所属しているギフテッド教に対しては、彼の権力も届かなかった。枢機卿レイニーは切れ者で、彼の手練手管を歯牙にもかけなかったのだ。

だから、彼女が王都を離れている隙を狙って聖女の首にギロチンを落とした。

「あと一歩だったのに……」

「あの、王子様？」

「聞いている！　続けろ」

「はっ。近隣の街ではスケルトンの目撃報告が先月の数十倍にまで増えております。現在冒険者を中心に対応に当たらせておりますが、既に現場からは限界だと……」

「兵士ならいくらでもいるだろう。スケルトンごときに何をてこずっている」

苛立ちを隠さず足を上下に震わせるセインを前に、報告に来た騎士は無言で頭を垂れた。

ようやくここまで来たのだ。

聖女を擁することで態度を肥大化させていたギフテッド教を牽制し、王国貴族から聖女を輩出することで彼らをも取り込む。そして爵位こそ高くないが資産を多く持つ有力な貴族を、聖女の実家ということで重用する。王国貴族から聖女を輩出したことで皇国との繋がりも強くなる。全て、セインの思い通りに行くはずだった。

「おい、アザレア！　お前は聖女だろう⁉　なんとかしろ」

「なんとかってなんですの！　聖女なんてお飾りだから何もしなくていいとおっしゃったではありませんか！」

アザレアは取り立てて器量の良い女性ではなかったが、元聖女を手籠めにできなかった腹いせに妾にした。ただ聖女という存在を自分のものにしたかっただけだ。

「ちっ。だが、所詮魔物など王国の敵ではない。枢機卿は滅ぶなどと抜かしていたが、大げさに言っているだけだろう。全て返り討ちにし、ついでに皇国も裏切った罪で征服しよう。俺にはそれができる」

彼は、未だに気が付いていなかった。

否、目を逸らしているだけかもしれない。

己が致命的なミスを犯したことに。

(脱出!)

『不死の魔王』ファンゲイルが居城としている砦を死に物狂いで抜け出した私は、森の中に身を隠していた。

霊体であり常に宙に浮いているゴーストなのだけど、壁を抜けるとなぜか一階分落下した。重力の影響はないはずなのに、空を飛ぶことができないのだ。理由はよくわからない。

(うう、追ってくるかな?)

最後のファンゲイルは、完全に私を殺す気だった気がする。

ホーリーレイを使った瞬間、彼の声は殺気に満ちていた。おそらく、私が聖女であることに気づいたんだと思う。

ホーリーレイは聖属性の魔法としては珍しいものではなく、『聖職者』やその上位である『枢機卿』など、他のギフト持ちでも使用することはできる。だが、彼は強力なギフトであると予測していたし、聖女の結界が消失したことと私が現れたタイミングから、関連があると考えてもおかしくない。

確信には至らないかもしれないが、完全にマークされたと思ったほうがいいね。

得られた情報と正体がバレたこと、天秤はどちらに傾くか……。うーん、考えても仕方ないから、まずはこれで良かったと思おう！

（えっと、門は王国側に向いていたはずだから……）

隣国との国境沿いに広がる広大な森に作られた砦は、門を王国側、攻撃をする正面を隣国側に向けているはずだ。直接見たことはなかったけど、そういう話を聞いたことがある。国境の警備や哨戒を行い、戦争が起これば兵の拠点となるはずの場所だったから、砦としての機能を有しているはずだ。

軍事については詳しくないけど、わざわざ森の中に建てられたのは、森を抜けて王国へ進軍する際に最も歩きやすい道だったからだ。

門を出て真っすぐ進めば、そう遠くない場所に出られると思う。

（普通なら迷うところだけど、私に障害物は関係ないからね！）

木でも岩でも、進行ルートにある障害物は全て無視できる。迂回しなくてもすり抜けられるから、直線で移動できるのだ。

（追手が来る前に逃げないと）

目指せ、孤児院！

結界が消えて魔物の侵入が増えたら、レイニーさんたちだけじゃ抑えられない。本格的な侵攻が始まる前に王国に着かないと。

孤児院にはアレンや子供たちがいる。優しいけど時には厳しいシスターがいて、幼少期を過ごした街がある。既に孤児院を出ていったお兄ちゃんお姉ちゃんたちも、あの国で暮らしているんだ。

私が守らないといけない。ファンゲイルと直接会って、再認識した。彼は目的のためには、王国を滅ぼすことも辞さない。人間のような姿をしていても、彼は魔王なのだ。

そして、それを容易く可能にする戦力もある。数もさることながら、ゴズメズと門番スケルトンは強すぎる。生前の私でも容易に倒せる相手ではない。せいぜい、聖結界で侵入を防ぐだけで精一杯だ。

他にも戦力を保有しているような口ぶりだった。

自惚れかもしれないけど、聖女なしで守り切れるとは思えない。

(私が行かないと。もう死んでるとか、王子がムカつくとか関係ない)

自分が死んだことに対しては、あーあ、死んじゃったな、くらいにしか思っていなかった。元より、王宮の生活は楽しいものではなかった。貴族たちには疎まれ、すれ違えばあからさまに侮蔑の視線を向けられる。レイニーさんたちは優しくしてくれるけど、友人はいなかった。

だから、処刑される瞬間まで涙一つ流れなかった。王子たちはつまらなそうにしていたけど、それくらい自分のことに興味がなかったのだ。

でも、死霊になって初めて気が付いた。

私にとって、一番大切なのは孤児院の皆だったんだ。たぶん、彼らを守るためにこの身体になったのだと思う。私にはまだやるべきことがある。

（魂を集めて、レベルも上げないとね。進化しないと、あいつらには勝てない）

王国を守る。ゴズメズを倒して、ファンゲイルも倒す。

難しかったら他の方法も考えるけど、皆で協力すればきっとできる！

（ううぉおおお！　やるぞー！）

とりあえずすれ違ったゴーストをパクリと食べた。うーん、ゴースト美味しい！

魂の収集に関しては、それほど大変な作業ではない。

キツネビからゴーストになるために必要な魂は百個だった。ファンゲイルの話では、次に必要なのは千個らしい。実に十倍の個数だけど、不死の森にはたくさんのアンデッドがいるから、時間さえあれば大丈夫だ。

「カタカタ」

やっぱり一番多いのはスケルトンで、ごくたまに剣を持ったスケルトンソルジャーがいる。

どちらもホーリーレイを数発撃ち込んでソウルドレインという鉄板戦術で倒せる。ソルジャーのほうは『魂斬り』というソウルクラッシュの上位版で攻撃してくるので当たると致命傷になりかねないけど、注意して戦えば問題ない。

スケルトンソルジャーはE＋の魔物だからゴーストよりランクは高いんだけど、動きはスケルトンとそう変わらないね。オニビの頃から倒していた相手なので、慣れたものだ。

（スケルトンソルジャーの魂ももっと美味しかったらなー）

今までの傾向的に、死霊系は美味しくてスケルトンはまずい。

味覚で感じているというよりは、魂を取り込んで全身に浸透する時の感覚が違うのだ。

(ヒトダマの養殖場が見つかれば魂も集めやすいんだけどな〜)

彼らの話では複数あるような話だった。あいにくどこにあるのかわからないし、最初の洞窟に戻ると遠回りになってしまう。

なので、しばらくは王国の方向へ進みながら出会った敵を倒していく方針だ。

(レベルは……25か。レベルも上がるし、お腹も満たされるし、一石二鳥だね!)

味わいが一番良いのはゴーストだ。

でも、ヒトダマはヒトダマで美味しいの。小さいからつるっと食べれて、喉越しが良いんだよね。

ゴーストがジューシーなお肉だとしたら、ヒトダマはフルーツだ。どっちも美味しい。魂美食家の私が言うんだから間違いない!

ちなみにスケルトンは硬いパンって感じ。

(お、オニビだ!)

なにげに初めて見たかも。

ゴーストとヒトダマはたまにぷかぷか浮いてるんだけど、どうしてかオニビやキツネビは見ない。

ヒトダマから順に進化する以外に直接ゴーストが生まれるパターンもあるみたいだからね。ていうか、むしろそっちのほうが多いんだと思う。だって、ゴーストが攻撃してきたこと一度もないもん。

(ソウルドレイン)

オニビは所詮格下。一瞬で方が付いた。味はヒトダマに近いかなー。炎だからか、ちょっと暖かい気がする。

それにしても、この森は本当に景色が変わらない。

傾斜もほとんどなくて、似たような木が延々と続くのみだ。常に瘴気のような靄がかかっているから雑草も生えず、むき出しの地面には時々骨が落ちている。

こんなところにいると気分まで落ち込んでくるね。

薄暗いけど、空を見上げればなんとなく時間はわかる。砦を出たのは夜で今は昼ぐらいかな。半日くらいは移動しっぱなしだ。睡眠が必要ない身体で良かった。

すれ違うスケルトンやゴーストをぱくぱく食べて、先を急ぐ。今のところ追手は来ていない。でも、悠長に休憩していられる状況でもないだろう。

だんだんと靄が薄くなっていき、視界が開けた。

（出口だ！）

ほとんど寄り道もせず突っ切ってきたからか、思ったより早く森を抜けることができた。

うっかり反対側に出てしまった、みたいなミスを犯していなければ、王都や村々を結ぶ街道がすぐ近くにあるはずだ。

結界を張る時に街道までは出てくるから私でも道がわかる。この六年間で何度も通った道だ。

私がいなくてもレイニーや他の神官が代わりの結界を展開していると思うんだけど、見当たらないな。不死の森沿いの街道はさほど利用者も多くない割に魔物の出没が多いので、放置することにしたのかもしれない。私ほど広範囲に結界を行きわたらせることはできないから局所的に防衛することにしたんだろう。

(街道だ！　やっぱりここにも結界がない)

不死の森から溢れ出したスケルトンが、普通に街道を闊歩している。

これでは行商人が困っちゃうよね。それに、このまま徘徊したら街や村に辿り着くかもしれない。

(ホーリーレイ)

スケルトンは成人男性ならさほど苦労せず倒せる魔物ではあるけど……それでも数が集まれば危険であることは間違いない。

考え事をしながらも、スケルトンを倒す作業はやめない。

たぶん王都はこっちで合っていたと思う。王都にはレイニーさんがいるからファンゲイルの情報を伝えないと。孤児院にも寄って、アレンたちを助けて……。

「だ、だれか！　助けてくれ！」

その時、男性の声が聞こえた。

条件反射ですっ飛んでいく。この身体に慣性は働かないから、方向転換も自由自在だ。

少し移動すると、スケルトン二体に囲まれる男性の姿が見えた。隣には馬が倒れていて、商人風の服装だ。荷物は少ないようだけど、王都に向かうところだったのだろうか。

「あはは！」

(今助けるよ！)

私が追いついた時には、既にソウルクラッシュが振り下ろされるところだった。力任せに落とされる骨の拳は、物理的にも痛い。男性の前に滑り込んで、聖結界を発動、拳を防いだ。

(聖域。ホーリーレイ)

周囲が聖なる空気で包まれ、スケルトンの動きが鈍る。動きを止めた隙にホーリーレイを二体に撃ち込み、魂を吸いあげた。

「え？　え？」

男性は私を見てぽかんと口を開けている。

うん、私ゴーストだもんね。そんなのに守られたら、そりゃびっくりするわ。

「あは！」

相変わらず喋れないので、手を上げてにこやかに挨拶をしておく。

ていうか、死んでから人間と会うの初めてじゃない!?

「ひぃぃ」

尻餅をついたまま、器用に後退していった。ちょっとショック。

聖女スマイルから逃げた失礼な男の誤解を解くため近づこうとしたとき、どたどたと数人の足音が聞こえた。

「大丈夫ですか!?　今助けます！」

(あれは見習い神官の子だ！　後ろにも知ってる顔が何人かいるね)

ていうことは、レイニーさんもいるかもしれない！

思ったより早く出会えたね。順調かも！

「あははー！」

うきうきで手を上げたけど、見習い神官ちゃんの顔は険しい。

短杖を私に向けて、聖属性の魔力を集中させた。

「邪悪なゴースト！　その人から離れなさい！」

（あ、今の私、ギフテッド教の敵だった）

ギフテッド教において、魔物とは絶対悪である。

ギフトを与える唯一神の庇護から外れた存在であり、各地の魔王が生み出す異形の生物。生物の創造は神の領域であり、それを侵犯する魔王は許してはならないものだ。少なくとも、教義ではそうなっている。

だから見習い神官ちゃんの対応は、ギフテッド教の神官としては正しい対応だね。

見方によっては私が男性を襲っているようにも見えるし。

人間の魂って美味しいのかな、と一瞬でも頭をよぎってしまったのは猛省します。それをやったらいよいよ悪者だよ。

「今助けます！　ホーリーレイ」

私も良く使う、聖属性の光線を放つ魔法だ。聖職者系のギフトは攻撃向きではないけど、聖属性が有効な相手にはこれ以上ない攻撃手段になる。

当然、ゴーストの私には効果抜群だ。たいへん、消滅しちゃう！

杖先から直進してくる白い光を慌てて回避する。まだまだ見習いだから、ヒトダマだった時の私くらい細いホーリーレイだ。地面すれすれに屈むことで難なく潜り抜けた。

「お、お助けを！」

その隙に商人風の男性が走って見習い神官ちゃんのもとへ逃げた。

後ろからついてきた五人くらい神官たちも並んで杖を構えた。

みんなして目の敵にしないでよ。みんな知ってる顔だから悲しくなってくる。私は聖女セレナではなく魔物になったんだということを否応なく突きつけられた。

(でも、ファンゲイルのことを伝えるチャンス！)

いまだに笑うことしかできないからジェスチャーで頑張ろう。

レイニーさんならきっとわかってくれるはず。だから杖下ろしてほしいなー？

「何をしているのですか」

噂をすれば影。生前に何度も聞いたレイニーさんの声だ。

ぱっと顔を上げて姿を探すと、彼らの後ろに馬車が見えた。街道を移動していたのだろうか。

杖を構えて今にも私を消滅せんとする神官たちが、レイニーさんの声で手を止めた。

一段と豪奢な馬車からレイニーさんが降りてくる。皇国でも高い地位にある枢機卿の彼女は、純白の法衣を翻して前に出た。

「魔物に襲われていた男性を保護したところです」

「さようですか」

見習い神官ちゃんが凛とした表情で答えた。

(あれ、なんか馬車多くない?)

神官たちに気を取られ気づかなかったけど、彼らの後ろにはぞろぞろと馬車が続いていた。ちょっと隣町へ、なんていう雰囲気じゃない。見えているだけでも十台以上で、最後尾が見えないほどだ。一台に四人乗ったとして……それこそ、王国に常駐していた神官のほとんどが乗っているんじゃないだろうか。

「でしたら、近隣の町へお送りしましょう。あいにく引き返すわけにもいきませんので、通り道にある町になりますが」

レイニーさんが慈愛に満ちた表情で手を差し伸べる。

結界がなければ、不死の森に近いこの街道は安全ではなくなる。彼がどこを目指していたのかは不明だが、結界を主体に高い戦闘能力も持つ彼女たちに護衛してもらえるなら、そのほうがいい。

「あ、ありがとうございます!」

「空いている馬車にお連れしてください」

「はい」

見習い神官ちゃんによって、手際よく男性が救助される。

まあ、無事でよかったよ、うん。助けたの私だけどね!

「それにしても街道まで魔物が溢れているとは……思ったより事態は深刻なようですね」

そう思うなら結界を張れば良いと思うんだけど、レイニーさんたちはここで何をしているんだろう。

神官ほぼ全員を連れて大所帯で街道を移動するって、まるで——

「私たちに被害が出る前にこの国を出なくては」

王国から逃げようとしているみたいではないか。

「急ぎましょう。もうこの国に用事はありません」

（どういうことなの⁉　今こそ、神官が頑張らなきゃいけないのに！）

魔物討伐のプロは冒険者だ。王国の安全は彼らが守っていると言っても過言ではない。

でも、対アンデッド系に関しては聖属性を扱える神官以上の適任はいない。『不死の魔王』ファンゲイルと戦うためにはギフテッド教の協力は不可欠だ。

「あはは！」

（レイニーさん待って！）

なんとかして伝えないと！

きっとレイニーさんは知らないんだ。彼女が王国に来たのは私が聖女として王宮入りしてからだもんね。孤児院から離れたくない私がわがままで王国に残ったから、そのお目付け役として派遣されてきたので、ファンゲイルの侵攻があったことを認識していないに違いない。

なんとかして伝えないと。そして共闘して魔王を倒すんだ。

「ああ、まだゴーストがいましたか」

短い手をぶんぶん振って近づくと、塵芥でも見るような目を向けられた。ゴーストが出ると気温が下がる、なんて言われるけど、彼女の視線は背筋が凍りつく冷たいそれだ。

レイニーさんは両手のひらを胸の前で合わせて、指で円を作った。

何度か見たことがある。『枢機卿』だけが使える、攻撃魔法。

「民に救いを。魔に滅びを。ジャッチメントホーリー」

自分の魔力を支点に光線を飛ばすホーリーレイとは違い、詠唱によって空から浄化の光を落とす。まるで雷だ。天の裁きとも言われる高い威力を誇る光の柱が私を襲う。

逃げ場はない。見てから避けられるような速度ではないのだ。太陽の光を避けることができないように、ジャッチメントホーリーは魔物を確実に消し去る。

「さて、先を急ぎましょう」

空から叩きつけられた光の放流に飲み込まれた私は——無事だった。

ぴんぴんしてた。

(ありゃ?)

てっきりレイニーさんの容赦ない攻撃によって、万事休すかと思った。回避は不可能、死霊に効果抜群なジャッチメントホーリーを撃たれて、魂の一片すら残らず消滅するだろうと。

蓋を開けてみれば、光が収まったあとも私はそのまま存在していて馬車に乗り込んで移動を再開する彼女たちを見送っていた。

(無効にした……?)

そもそも、聖属性とは何か。

聖属性の魔力は人間だけが持つ、神秘の魔力だ。人間ならギフトにかかわらず少量の神秘性を帯び、

聖属性系のギフトを持つ者だけが聖属性の魔力を扱える。

逆に、魔物は聖属性の魔力を一切持たず、代わりに闇属性という特有の魔力を持つ。神の力である聖属性を持たないことが、魔物が神の庇護下にないという教義の根拠の一つになっている。

聖属性はあらゆる魔物に多少の効果を及ぼし、特にアンデッド系に対しては絶大な効力を発揮する。逆に、人間に対してはほとんど効果がない。

そう考えると私の存在は歪だ。

聖属性の魔力を内包し、聖女の魔法も扱える。なのに、魔物として闇属性をも携え、種族スキルも問題なく発動できるのだ。

思えば、聖属性を無効化していると思われる場面はあった。スケルトンを弱体化させるために展開した聖域の中でも、私に影響はなかった。てっきり使用者だからかと思ったけど、聖属性自体を無効化していたのかもしれない。

(そういえば、ファンゲイルのソウルドミネイトも無効化したんだよね)

肉体という魂を保護する器との結びつきが薄い、あるいは全くないからこそ、アンデッド系は魂への干渉に弱い。

なら、私の魂は？　闇に相反する聖属性があったから、干渉を防げた。もし支配されていたら一巻の終わりだったから、運が良かった。

(うーん、やっぱこの姿じゃ警戒されちゃったね。レイニーさんになんとか伝えたかったんだけど)

ファンゲイルに捕まりかけレイニーさんから消されかけ、と最近の行動にはやや粗が目立つ。もともと慎重な性格ではないけれど、このままでは致命的なミスを犯しかねない。気を引き締めないと。

(とりあえずギフテッド教のみんなに接触するのはもう少し進化してからにしよう)

偶然遭遇しただけで、話せるようになるまでは接触する気なかったのだ。予定通り動こう。行き当たりばったりの生前とは、一味違う私なんだよ!

魂のなくなった骨の中に隠れて馬車をやり過ごす。

それにしてもすごい数だ。レイニーさんの口ぶりから推察するに、もしかして皇国は王国との同盟を破棄したのかな?

自分で言うのもなんだけど、私って一応聖女で皇国からは大事にされていたし、勝手に処刑されたらそりゃ怒るよねー。

でも皆がいないと王国は大変なことになる。これは、一刻も早く進化する必要があるね。

(街道の魔物を駆除しよう。少しでも減らしておけば、被害が減るかもしれない)

焼け石に水だろう。でも、やらないよりマシなはず。

私は馬車とは反対方向に進んで、街道付近の魔物を駆除して回った。

一昼夜かけて、魂は順調に集まっていく。

そして、ついに要求数である千個に達した。

文字通り草葉の陰に隠れて、神託を使い進化系譜を確認する。

『進化系譜

進化先候補
レイス（D）進化条件：LV30　必要素材：魂×1000　必要条件：願望
サイレントゴースト（E＋）進化条件：LV30　必要素材：魂×1000』

（やっと進化先出てきた！）

必要素材がないと見えないの、結構不便だよー。

今回も進化先は二つある。一つはゴーストよりも危険度が高いと言われるレイスで、ランクもEからDに上がってるね。ランクは文字配列順だからわかりやすくて助かる。一番上がAだからまだ結構下だ。

もう一つはサイレントゴーストで、こちらはランクがE＋。

進化というより、種類が変わるようだ。オニビがキツネビになった時と同じだねー。スケルトンソルジャーもE＋だったから、大きく見た目の変わらない進化は半分しかランクが上がらないみたい。

（あの時はスケルトンになりたくなかったからキツネビを選んだけど、普通にレイスになっていいよね？）

レイスという魔物は知っている。ケラケラ笑うだけで無害なゴーストとは違い、人間を襲うこともある危険で厄介な魔物だ。ごく稀にしか発生しないけど、一度発見されれば冒険者に特別依頼が出されるほどである。

サイレントゴーストというのは聞いたことない。どんな魔物なんだろう。

（ていうか必要条件の願望って何⁉）

ここにきて、新たな条件が増えている。

レベルや素材はなんとなく理解できたけど、願望はよくわからないよ。

（決めた！　レイスになる！）

いつものように天使様の声が聞こえてきて、進化が開始された。

白いシーツを被ったような見た目だったけど、果たしてどうなるかな？

（あ、水たまり探すの忘れてた）

この辺に自分の姿を見られる場所あるかな。井戸とか川とかでもいい。

なんて雑念に気を取られているうちに、つつがなく進化が完了した。

全体像は見えないけど、身体を動かしてみると一目でわかることがあった。

（黒くなってる！）

白いひらひらだったのが、黒い外套みたいになっていた。ボロ着のような黒布がぐるりと巻いてあって、雨の日の子どもみたい。

身体の形も変わっている。ヒトダマになってからというもの、ずっと球体だった私の身体だがついに頭と胴体が別になった！

相変わらず細かい造形はないけど、外套に包まれた球体の胴体の上には、これまた球体の顔がある。

感覚的に、フードを被っているのかな？

手も長くなった。人間の子どもくらいはあると思う。足はない。

『種族：レイス
ギフト：聖女
種族スキル：ポルターガイスト
獲得スキル：ソウルドレイン、火の息、ファイアーボール、ケラケラ』

「あはは！」

（まだ喋れなかった！　でもあと少しな気がする！　ところで、ポルターガイストってなんだろう）

進化しても話すことはできなかったけど、それはそうと新スキルが気になる。

近くの街道上に丁度スケルトンがいたので、近づいてスキルを発動した。

（ポルターガイスト）

黒い煙のような腕をスケルトンに向け、魔力を放出する。本来であればその魔力がなんらかの効果を発揮して変化するのだが、なんにも変質せず空中に留まった。

私の魔力だから、まるで色がついているかのように知覚できる。種族スキルに使ったのは闇属性の魔力で、例えばファイアーボールであれば発動の瞬間に炎になり、球体を創り出すのだ。

（魔力を出すだけ、なはずないよね）

むむむ、と魔力を睨みつけて唸っている間にも、スケルトンは私に狙いを定めて腕を振りあげた。

いつものソウルクラッシュだね。レイスになってさらに魔力が増えた私にとって、スケルトンはもはや脅威ではない。

でもポルターガイストの実験に来たから、ちょっと待ってほしいなー。なんて思っていると、スケルトンの動きが突然止まった。

(ん？　なんで止まったの？)

腕を叩きつける動作の途中で停止したのだ。結界にぶつかった感じではない。よく見るとももぞもぞ動いていて、空中で見えない網に捕らえられたような……。

(あ！　私の魔力に捕まったんだ！)

スケルトンが停止したのは、私がポルターガイストのために放出した魔力が滞留している場所だった。

まさか、と思い魔力に意識を集中させる。

(えっと、右に動け！)

手を向けて右側に魔力を移動させようとする。

目には見えない魔力の塊が指示通りに動いた——スケルトンを連れて。

(魔力がスケルトンの身体を支配してる？　いや、これはどっちかと言えば、魔力に押されてるって感じかな？)

右へ、左へ。

腕を振って魔力を移動させるたびに、スケルトンも同じように左右に揺れた。操り人形のようにされるがまま動く骨に、ちょっと楽しくなってくる。

ずっと魔力を操っているうちに感覚が鮮明になってきた。

同時に、ポルターガイストというスキルの効果についてわかってくる。

(魔力で物を掴むスキルだ!!)

ついに、物質に干渉できるようになった！

今までは物に触ろうとしてもすり抜けてしまうので、何かを掴むことはできなかった。

レイスの身体も霊体だけど、ポルターガイストで物を掴めるんだ。

夢が広がる。頑張れば筆談くらいならできるんじゃない？

(練習しないと！)

さくっとスケルトンの魂を吸いあげて、街道から離れる。

スケルトンと背比べしてみると人間の子どもくらいの身長になっていたうえに、真っ黒なマント姿は昼間だととても目立つ。さっきみたいに人が通りかからないとも限らないしね。

落ちていた小石から数歩離れて、スキルを発動させる。

(ポルターガイスト！)

魔力は聖女の魔法でも使うから、操作自体は慣れているつもりだ。

結界の大きさや形を調整するためには魔力の精密な操作が必要になる。同じ要領でできると思うんだよね。

魔力は小石に真っすぐ飛んでいって、包み込んだ。魔力に意識を集中させ、力を込めて持ち上げる。

思ったより呆気なく、小石は宙に浮かび上がった。

（おお！　なんか感動！）

　スケルトンにやったように動かしてみる。

　思った通りに動かすのは難しかった。例えるなら長い木の棒を両手に持って、先端だけで挟んで小石を持ち上げているような感じ。

　不器用だからちょっと気を抜くと落としちゃう。

　真っすぐ移動させる分にはそんなに苦労しないんだけど、曲げたり八の字を書いたりみたいな複雑な動きは上手くいかなかった。

（まあ練習かな。近づいてみたらどうだろう）

　手で直接掴むように、近距離で放出した魔力で小石を掴んでみた。

（あんまり変わらないかも……距離は器用さに関係ない、と）

　その後も色々と検証した。

　なにせ、ヒトダマになって以降初めて物質に干渉できたのだ。うきうきで思いついたことを試していった。

　結果として、いくつか判明したことがあった。

　射程距離は見えている範囲なら届く。ただし、精密な動作ができない関係で、遠すぎると魔力が命中しなかったり上手く動かせない。

　力は結構強い。生前では到底持ち上げることができなかったであろう大岩も軽々と持ち上がった。

でも、あくまで掴んで動かすだけで破壊には向いていない。これ結構すごくない？

（レイス選んでよかった！　これでできること結構増えるね！）

最悪喋れなくても、文字を書く練習をすれば筆談ができるかも！

（もしかして必要条件の願望って、意思疎通をしたい、っていう私の願いが必要だったのかな？）

ゴーストはケラケラ笑いながら漂流するだけの無害な魔物だ。意思は存在しない。

だが、レイスは明確な意思を持って襲ってくることが確認されている。ゴーストとレイスの違いは意識の有無なのかもしれない。

（ゴーストの中でも強い願望を持つ個体だけがレイスになれる、と……私、魔物博士になれるんじゃない⁉）

王国救ったらアレンと一緒に魔物研究しながら暮らすのもアリだなー。

そのアレンがいる孤児院がある王都近くの街は、街道を進めばあるはず。

まずはそこを目的地にしよう！

そう決めて、街道に戻った。

上機嫌で揺れながら街道に顔を出すと、大量の魔物が目に入った。

（何事⁉）

さっと身を隠す。

スケルトンやスクルトンソルジャー、ゾンビにエアアーマー……ファンゲイルの軍隊だ。

（私を追いかけてきたの？　あれ、でもその割には様子が……）

彼らは何かを探しているというよりは、足並みを揃えてどこかへ向かっているような……。

五十体以上のアンデッドが歩く先にあるのは、まさか――。

(みんなが危ない!)

王国の危機は、予想より早く訪れていた。

五章

孤児院に一人残ったアレンは、昼間から町を駆け回っていた。

かつて共に生活し、孤児院を出た——シスターエリサの発案で『卒業』と呼ばれている——者たちと接触を図るためだ。

「ミナ、レナ、ロイの三人はきっと大丈夫だ。エリサさんもいるし、皇国で元気にやってくれるはず」

枢機卿レイニーに預けた子どもたちに思いを馳せる。女の子二人には別れ際に思い切り泣かれたし、いつも眠そうでぼーっとしているロイですら、寂しそうに袖を引っ張られた。

孤児だから正確な年齢はわからないけど、おそらくみんな七歳前後だ。

聖女セレナが教会に入った時はまだ孤児院に来る前か、物心つく前だったので関わりは薄い。たまに様子を見に来たときは仲良くやっていたけれど、彼らにとって聖女の死よりもアレンと別れるほうが悲しいようだった。

アレンは三人にとって頼れる兄であり、ちょっと鬱陶しい父であり、気の合う友だった。

「別に今生の別れってわけでも……いや」

そうなる可能性もあるのか、と思い至った。

レイニーの言葉通り王国が滅ぶのなら、アレンの身も無事で済む保証はない。仮に魔物の侵攻が起こらないとしても、アレンがこの国を離れることを拒み続ける限り、会うことはないだろう。

だが、アレンはセレナと育った国を見捨てることはできない。彼は孤児院の倉庫から引っ張り出してきた剣を携え、歩き出した。

向かうは兵士の詰め所だ。平時は衛兵として治安維持に努めている彼らは、町や村に設置された詰め所を拠点としている。

王都に隣接したこの平民街にも詰め所はある。そして、そこに卒業生のカールがいる。

彼ならば、アレンの話も聞いてくれるだろう。

カールは孤児院にいたころから剣術に秀で、試験を突破し見事兵士となった男だ。

今ではめきめきと実力を付け、隊長になっているらしい。

詰め所で適当な兵士に取り次ぎを頼むと、すぐにカールが顔を出した。

「あれ、アレンか。どうした？」

「ああ……」

拙いながらもひとつひとつ順を追って話していく。

聖女セレナの死、魔物の侵攻。レイニーから伝えられた内容を話すたび、カールの表情が険しくなっていった。

優男に見えても複数の兵士をまとめる隊長だ。事態の把握は早かった。

「そうか……セレナが。良い子だったのにな」

セレナのことは実の妹のように可愛がっていたから、カールとしても辛いだろう。

だが、カールにとってその後の対応のほうが重要だ。結界の話やここ数日魔物の報告が増えていることなどから、冷静に判断する。

「教えてくれてありがとう。僕のほうでも動いてみるよ」

「助かる」

「いや、これは王国全体の問題だ。冒険者ギルドや騎士団にも働きかけないと。大丈夫、僕に任せて」

カールは優しく微笑んだ。

アレンがバケツをひっくり返してせっかく掃除した部屋をびしょびしょにしても、セレナがうっかり皿を割ってしまった時も、彼は決まってこう言ったのだ。『大丈夫、僕に任せて』と。

思えば、アレンたちはカールに頼り切りだった気がする。

「俺も戦うから」

でも、もうアレンは子供じゃない。

カールは何か言おうとして、アレンが抱える長剣に気が付いた。喉元まで出ていた言葉を飲み込み、踵を返した。

「頼りにしてるよ」

実を言うと、カールに王国全体を動かす力などない。

カールは、アレンと親しい関係にあったから信用したが、他人だとそうもいかない。兵士も一枚岩ではなく、冒険者ギルドや騎士団に至っては組織としては格上だ。

所詮は一隊長でしかないカールでは、話を通せる範囲にも限りがある。

「任せろ」

「孤児院で待っていてくれるかな？　何か動きがあったら連絡するよ」

だが、カールは弟と、先に逝ってしまった妹のために決意を固めたのだった。

アレンは他にも何人かの兄や姉に話を通した後、その足で食材を買い込み、一先ず孤児院に戻った。

古びた教会を改装した、木造の建物だ。五人で過ごしていた時には手狭だったこの孤児院も、たった一人だとこうも広い。

アレンのお気に入りは屋根裏部屋だった。

狭くてホコリだらけだが、ここにはセレナとの思い出がたくさん詰まっている。

小さい頃、シスターに怒られそうになると二人でここに立てこもったのだ。中から閂をすると外からは開けられず、シスターの怒りが収まるまで他愛もない話をしながら待った。

喧嘩をした時、悲しいことがあった時、そして、教会に行くことが決まった時。

そんな時はいつも、セレナは屋根裏に逃げ込んで、アレンが来るのを待つのだ。狭くて暗いこのスペースが、二人の『いつもの場所』だった。

「セレナ……」

ここでなら、素直になれる。

アレンは、いつもセレナが背を預けていた柱に手を付いた。

カラン。何かが転がった音がした。

「ん？」

音のほうに目を向けると――黒い、半透明の幽霊がいた。

「ま、ままま魔物!?」

「あはははっ」


亡者たちが足並みを揃えて街道を進む、異様な光景。

通りすがった私にも「よお！　お前も来るだろ？」みたいな感じで臓物の飛び出た最新ファッションの人が手を上げてきたけど、それどころではない。

彼らがこのまま進めば、そこにあるのは私の故郷だ。

私はとうに死んだ身で、しかも魔物になっちゃったけど、大切な故郷なんだ。

そこにはアレンやシスター、血の繋がりはないけどもっと濃い絆で結ばれた兄弟姉妹が暮らしている。さらにその先には王都がある。

（絶対食い止める）

でも、多勢に無勢。敵は見えるだけでも五十体以上いて、レイスに進化した私でも一人で殲滅するのは難しいと思う。

幸いゴーストに比べて大きな腕と、ポルターガイストという物を動かすスキルを手にしたことで意思疎通はできる。誰か助けを呼ぼう。

（レイニーさんを追いかけて戻ってきてもらう？　話聞いてくれるかなぁ）

生前は頼りにしていた神官の皆だけど、魔物に対しては容赦がない。

しかも、今の私はレイスだ。ゴーストなんかよりよっぽど危険な魔物。うん、近づいた瞬間に消される気しかしないね。私でもそうする。

(じゃあ街に先回りして、アレンに会いに行こう！　アレンに教えればなんとかしてくれる！)

これしかない！

……んだけど、ちょっと不安になる。

それはきっと、レイニーさんに問答無用で攻撃された後だからだ。

突然処刑されてもヒトダマになっても、私は深刻に考えなかった。なるようになる、そう思って明るく生きてきた。生きてないけど。

でも、生前でいつも隣にいてサポートしてくれたレイニーさんから、純粋な殺意を向けられた。そのことが、思ったより私の心をえぐったらしい。

アレンにも同じように拒絶されるんじゃないか、気づかれないのではないだろうか。そう思うと、身体が動かなくなる。

(アレンなら大丈夫だよね)

十五年の人生の中で、一番信じられる相手は誰か、と聞かれたら間違いなく彼の名前を出す。

頼れる人ならカールだし、優しい人ならシスターのエリサ、信頼している人ならレイニーさん。

無条件で信じられるのは、アレンだけだ。

大丈夫、大丈夫。そう言い聞かせて、街まで一直線で飛んだ。

レイスの移動速度はかなり速い。真っすぐ進むだけなら、馬が走るくらいのスピードは出ていると思う。

子どもサイズの黒い影が疾走する姿を見られたら驚かれると思うけど、緊急時だから許して！

（孤児院にいるかな？）

昼間のアレンは、孤児院で家事をしているか露店に買い出しに行っているかのどちらかだと思う。平和な日常だ。決して裕福ではないけれど、家族と暮らす素朴な日常を、私は守りたい。

見慣れた街に着いた。正面から入るような真似はせず、柵で囲われた側面から侵入した。人目を避けて、裏通りを中心に孤児院へ突き進んでいく。

この辺の脇道なんかは、小さい頃何度も通ったから目を瞑っていても歩けると思う。無駄に入り組んでいるから、人が来ることは滅多にない。ネズミがぎょっとして私を見てきたので、手を振って挨拶する。

かくして、誰にも遭遇することなく孤児院に辿り着いた。

子どもたちは大きくなったかな。エリサはもうすぐ五十歳になるけど、元気にしてるかな。

そんなことを空想しながら、壁をすり抜けて古ぼけた教会に入る。

（誰もいないのかな？）

人の気配はない。

部屋を一つずつ確かめてみるけど、教会はもぬけの殻だった。まあいつも室内にいるとは限らないしね。

（どうしようかな。闇雲に探してもしょうがないし、待ってたほうがいいのかも……いやでも、あん

まりゆっくりしていると魔物が来ちゃう）

スケルトンやゾンビ、空っぽ鎧のエアアーマーは移動速度がものすごく遅いから、到着は夕方か夜だと思う。

魔物を迎え撃つ準備をするなら、時間はいくらあっても足りない。早く伝えられるに越したことはないけど、アレンが見つからないとなれば……。

（ずっと隠れてきたけど、むしろ堂々と姿を見せればみんな警戒するんじゃない？）

ぐわー、レイスだぞー、って感じで街中を闊歩すれば、兵士や王都の騎士団が重い腰を上げるかもしれない。

（でも、外から大軍が来ていることは伝わらない……あ、そういえば）

まだ探していないところがあったことを思い出す。

アレンと私の、思い出の場所。

ファンゲイルの居城と違って、天井をすり抜けることができた。窓から一筋の光が差す屋根裏に上がった。

（懐かしいな）

そう思うと同時に、胸がきゅっと苦しくなった。

涙を流せない身体であることを、こんなに恨んだのは初めてだ。

アレンに会いたい。

生前と同じように接してもらいたい。随分小さくなったなって笑ってほしい。

（あ、これ……）

部屋の隅に転がる、金属のコップが目に入った。私とアレンがお揃いで使っていたやつだ。

壊さないように、ポルターガイストでそっと持ち上げる。たしか鍛冶屋になった兄の手作りで……

そうそう、底に私たちのイニシャルが入ってるんだよね。

空中でくるくると回していると、小さな物音が聞こえてきた。

（あれ？　だれかいる？）

ネズミだろうか。布がこすれるような音と、木に何かがぶつかる音。

「セレナ……」

（え？）

アレンの声だ！

コップを放り出して、柱をすり抜けて顔を出した。コップが落ちた音に反応したアレンとばっちり目が合う。

「ま、まままま魔物!?」

「あはははは っ」（アレン！　私だよ！）

感動の再会には、ならなかったけれど。

やっと彼に会えた。

アレンとの再会は嬉しい。でもやっぱり怯えられてしまった。

そうだよね。だって、どう見ても魔物だもん。孤児院の中を捜索している時に窓ガラスを覗いたら、黒いボロマントを被った足のない化け物だったよ。フードの中には、ぼんやりとした影があるばかりで、人間らしい姿はどこにもない。

ゴーストの時はなかなか可愛らしい見た目だったのになー。

私は小さく丸まって、柱の前に座りこむ。ここは私の定位置だ。アレンと喧嘩したり、シスターのエリサに怒られたりした時はいつもここで膝を抱えていた。床の木目を指でなぞりながらアレンが慰めに来てくれるのを待つんだ。

(あの頃は泣き虫だったなー)

今もそんなに変わらないか。

レイスになってよかったことと言えば、指ができたこと。あの頃と何も変わらない木目を丁寧になぞっていく。

「セレナ、なのか?」

少し経って、アレンが掠れた声を絞り出した。私はぱっと顔を上げて、こくこくと頷く。

「え、でも死んだって……その姿は……」

ギフテッド教に縁のある孤児院で育ったけど、アレンは神官ほど教義に厳格ではない。魔物は生活を脅かす危険な存在として認識していても無条件で嫌悪するほどではないのだ。

それでもアレンは生前の私の動きをする魔物を前に困惑している。

(信じて!　私だよ!)

もう一押し!

ちょっと半透明になっちゃったけど、あなたの婚約者ですよー。

ここで信じてもらわないと、魔物の軍勢が来ていることを伝えられない。

自分を指さして、その指を今度は下に向ける。

せ、れ、な。ゆっくりと大きく、文字を書いていく。あいにくこの身体は塵一つ動かすことはできないから、いくらホコリが積もっていても文字にはならない。でも指の動きをしっかりと読みとってくれた。

「本当に？」

「あはは」(うん！　そうだよ!!)

何度も首を縦に振る。

アレンは口を半開きにして、恐る恐るといった様子で手を伸ばした。

私が死んだことを知っているみたいだね。

私も合わせて手を上げると、彼のやつれた顔がくしゃりと歪んだ。目が潤む。

でもごめんね。私、死霊なんだ。

「あ……」

二人の手は、温もりを確かめ合うことなく交差した。

アレンの腕は勢い余って宙を泳ぐ。その手はフードの中すら貫通して、柱を掠めた。

もう手を繋ぐことも、抱きしめ合うこともできない。

「なんだよ、これ。おかしいだろ。意味、わかんねぇよ」

ごめん。そうだよね。

ある日突然王宮に連れて行かれた幼馴染が、気づいたら死んでいて、今度はレイスになって戻って来た。普通の暮らしをしていたアレンにとって、理解が追いつかない事態だろう。私もよくわからないよ。

アレンは感情のままに床に拳をぶつけた。

「俺はさ、セレナが王宮に行くのは嫌だったんだ」

項垂れたアレンは、ぽつぽつと呟き始めた。

「でも、孤児院の家族を一緒に守ろうって言ったから。それでセレナが幸せになるならって」

幸せではなかったかな。私もアレンと一緒にいたかったよ。でも私に拒否権はなかったし、私が働くことで孤児院や街の皆が安全に暮らせるなら、それでいいと思ったんだ。

「聖女の役目が終わったら、結婚しようって言ってたのに」

アレンが覚えていてくれたことに安堵する。

「なのに、なんで死んでんだよ」

アレンの言葉は支離滅裂だった。

口下手な彼が、思いのたけをぶつけてくる。責めるような、あるいは懺悔するような声に、私は返す言葉を持たず、ただ座って聞いていた。

アレンは右手で顔を覆って、嗚咽を漏らし始めた。拳を床に何度も叩きつける。彼を泣かせたのは、私だ。危機管理が甘かったのは認めざるを得ない。

私は腕を広げて、形だけでも抱きしめる。いつもと役割が逆だね。

アレンは強い。不器用で要領が悪いけど、誰よりも頑張るし絶対に泣かない。

そんな彼が弱っている姿に胸が締め付けられる。

（聖域、ヒール）

触れることはできないから、代わりに聖属性の魔力でアレンを包み込む。聖女の魔法は温かく感じるはずだから、これを私の温もりだと思ってもらえると嬉しいな。

私の魔力に包まれて、アレンはしばらく声を押し殺して泣いた。精一杯の強がりを、私は優しく見守る。

「あはは」

聞いて、アレン。

再会は嬉しいし、こんな形になってしまったのは悲しい。

でも、今は時間がないの。

少し経って顔を上げたアレンに、身振り手振りで魔物のことを伝える。

「なんだ?」

（むむ、婚約者なんだから私の言いたいことわかってよ！）

なんていう一度はやってみたかったワガママ娘っぷりを発揮しても、私の表現力ではなかなか伝わらない。

ならば、先ほどと同じように文字を書こう。ポルターガイストでペンを握るのはまだ無理だから、指文字で。

シスターが私たちに熱心に文字を教えてくれたおかげ意思疎通できます。いつも逃げ回ってごめんなさい。

（ま、も、の、き、て、る）

「魔物が？」

（5、0、た、い）

そこまで書くと、アレンの顔付きが変わった。

私は両腕を走る時のように交互に振って、急いで！　と主張する。

アレンは涙を拭って立ち上がった。悲壮感は消えて、決意に満ちた表情で私と目を合わせた。ちゃんと伝わったみたい。

アレンなら、きっと頑張ってくれる。大丈夫。

「お前はこれを伝えるために墓から出てきたんだな」

したり顔で言われたけど、ちょっと違う。気づいたらヒトダマになってて、しばらく悠々と過ごしていました。

「今までと同じだ、セレナ――二人で、みんなを守ろう」

「あははは！」（うん！）

二人で街を守る。でも、もちろん二人きりで戦うわけじゃない。

魔物は数が多く、聖女の魔法が使える私でも食い止めるのは難しい。そのために、兵士など戦える人に協力してもらう必要があった。

幸い、スケルトンやゾンビはギフトなしの大人でも十分に倒せる。死体に魂が憑依しているタイプの魔物は痛みに強く、なかなか倒せないことで有名だけど、その分動きが遅く攻撃力が低いのだ。街道沿いの男性のようにうっかり囲まれたりしなければ、大丈夫。

ただアンデッドはスタミナが実質無限で疲れ知らずなのだ。対して、人間は動けば疲れる。

アンデッドの軍勢を相手しようと思ったら、少なくとも同数の兵士が必要になる。

(私も戦うとはいえ五十人は欲しいよね)

どれだけ集められるか。それはアレンの働きにかかっている。私が兵士の詰め所に顔を出したりすれば大騒ぎになってそれどころではなくなるからね。

「俺はカールのところに行って話を通してくるよ」

屋根裏から一階に降りて剣を携えたアレンは、真剣な顔でそう言った。少し見ない間に、随分大人になったなー。背は会うたびにぐんぐん伸びて、顔付きも大人びた。まだ十五歳だから、これからもっと大きくなるだろう。

決意を固めた彼の行動は早い。移動する時間も惜しい、とばかりに駆け出した彼の大きな背中に手を伸ばしかけて、すぐ下ろした。

私はもう、アレンと一緒に成長することはない。

彼の姿を見て、そのことを思い知らされた。

(死霊の身体って疲れないし、眠くならないし、ふわふわ浮いているだけでらくらく~って思ってた

のにな）

彼の隣に並び立つには、不相応だよね。

だめだ、森を出てからネガティブなことばかり浮かんでくる。

こんなの私じゃない。くよくよ落ち込んでいる場合ではないのだ。

（進化すれば大きくなるし、実質成長だよね？）

人間っぽい姿になるのも不可能じゃないはず！

そう己を鼓舞して、無理やり動き出す。死霊は肉体がない分、精神の影響を受けやすいから心が沈んでいるとどうにも動きが鈍い。元気に行こう！

（私は進軍を少しでも遅らせる！）

おーし、頑張るぞ。

だって、アレンが頑張ってるからね！

ただ、もう少し別れを惜しんでくれても良かったんじゃないかな？　行動に移すのが早すぎて、びっくりしちゃったよ。

まあ貴族ならともかく、平民など労働者階級の死亡率は結構高い。特に戦争孤児だった私たちには、人の死なんて身近なものだった。とはいえ、やはり親交のある人が亡くなるのは悲しいものだけど、折り合いの付け方は自然と学ぶのだ。

（肉体はともかく、こうしてぴんぴんしてるし。あまり泣かれても困るからいいんだけど）

少し不服だ。

でも、ちゃんと強がらせてあげるのも婚約者の務めだよね！

私はアレンを見送って、反対方向に背を向けた。目指すは街道だ。

壁をすり抜けながら、来た道を引き返していく。太陽は傾き始めて、直に夕日へと変わるだろう。

夜はアンデッドが強くなる、というのは迷信であるが、真実でもある。陽が差していようと暗闇だろうと、魔物の動きや強さは変わらない。そう、一切変わらないのだ。しかし、視界に頼って行動する人間は、夜になると能力が著しく低下する。

だから、相対的にアンデッドが有利になるのだ。できれば陽が沈みきるまでには決着を付けたい。

（今の魔力量からすると……ホーリーレイだけなら結構余裕があるかな。聖域や結界は、あまり広範囲に広げるとすぐ魔力なくなっちゃう）

生前はいくら使ってもなくならないくらい魔力があったのに、今では節約を考えないといけない。

敵がスケルトンだけならともかく……。

（うーん、五十どころじゃなかったかも？）

再び街道に戻って来た私は、少し高いところまで飛んで、閉口した。

ごめんアレン。百くらいいるかも。

途中で合流したのか、さっきの私が焦りすぎて把握していなかったのか、認識よりも遥かに多い軍勢だった。だが、これでもファンゲイルの総戦力からしたらほんの一部なのだろう。

（ゴズもメズも、門番スケルトンもいない。これくらい退けられなかったら王国を守り切るなんて到底不可能だよね）

敵の内訳はこんな感じだ。

前衛：スケルトン（E）約三十体、スケルトンソルジャー（E＋）約二十体、ゾンビ（E）約二十体。

後衛：メイジスケルトン（E＋）約十体、スケルトンアーチャー（E＋）約十体。

指揮：エアアーマー（D）五体。

（エアアーマーは聖女時代に一度だけ戦ったことあるけど、鎧に守られてホーリーレイの効き目が薄いんだよね……かといって兵士が倒せるかも怪しいし）

スケルトン系はなんとかなると思う。エアアーマーはレイスと同じDランクで、より戦闘に特化した魔物だ。

あの時はたしか、レイニーさんがトドメを刺したんだよね。『枢機卿』は攻撃寄りのギフトだから。

（エアアーマーを倒すために、スケルトン系はなるべく魔力を使わない方向で！）

アレン、兵士の皆さん、一緒に頑張ろう！

だいたいの戦況と作戦を整理できたところで、さっそく行動を開始する。

およそ百体の軍勢はまっすぐ街道を進んでいて、孤児院のある街、ひいてはその先の王都を目指していることは間違いなさそうだ。タイミング的に、私がファンゲイルの砦に入る前にはもう出発していたのだろう。

つまり、ファンゲイルは聖女の結界が消えてすぐに軍勢を用意したことになる。常日頃から虎視眈々とその時を待っていたのだろうか。あるいは、結界をどうにかする算段があったのか。

（でも準備は万全じゃない）

ファンゲイルはゴズメズに命じて戦力の増強を図っていた。急に結界が消えたから戦力が十分でなく、ひとまず様子見といったところだろうか。

なんとか対処できそうな数でよかった。

一番多いのはスケルトン系で、人型スケルトンしかいないように見える。まあカラスのスケルトンとか弱いしね。ランクEのスケルトンだと一番大きくて人骨しか動かせないから、人型スケルトンが強さ、調達のしやすさともに好都合なのかな。

（アレンが兵士を連れてくるまで、どのくらいだろ。足止めくらいはしようかな）

ただのスケルトンならオニビの時から倒しまくっていたから、それほど消耗せず倒せると思うんだよね。

試しに集団の中で前のほうにいるスケルトンに近づいてみる。森の中にいる個体と違って、近づくだけでは襲ってこない。

（私がレイスだから仲間だと思ってるのかな？）

アンデッドは襲わない、みたいな命令でもされているのかもしれない。じゃないと街に着く前に内輪もめ始めちゃうもんね。そういえば、砦の中にいたアンデッドたちも争っている様子はなかった。

（普段は野生のまま放っておいて、必要な時だけ支配する感じなのかな？）

私の場合はむしろ、その命令のおかげで襲われずに済んでいるわけだ。

それなら好都合。一方的に攻撃させてもらおう。

(ホーリーレイ！)

やることはいつもと変わらない。これしか攻撃魔法もってないからね！

私のことを無視してカタカタと歩みを進めるスケルトンの眉間を撃ち抜いた。スケルトンの動きは遅いから外すことはない。

(ソウルドレイン。らっくしょう！)

周りのスケルトンが一斉に私を見た。げ、さすがに攻撃したら反応しちゃうんだ。

聖属性の魔力は天敵だからね。完全に私を脅威認定したスケルトンたちが、腕や剣を振り上げて魂を削る一撃を放ってくる。

(ひぃいいい、この数は無理！)

即座に物理結界を張って、隙間を縫って包囲から抜け出した。

五体くらい同時に動き始めたせいで腕や足がぶつかり、互いの動きを阻害しあって転んでいる。地面に倒れた衝撃で骨がばらばらになったり頭が転がったりしてるけどすぐに骨同士が集まって立ち上がった。ひとりでに骨が動いてスケルトンになるの怖い。

(ちゃんと魂まで消すか、再集結できないくらいパーツを遠くに運ぶか、骨を砕くかしないと復活しちゃうんだよね)

兵士だと、砕くのが一番かな？　そんなに粉々じゃなくても、主要な骨を割れば大丈夫なはず。骨を砕く、って言うと物凄く大変に聞こえるけど、スケルトンの骨は本物の骨よりもかなり脆い。闇魔力の影響なのか、少し強めに叩けばぽろぽろと崩れ落ちるのだ。

あとは魔法を使えるギフトの人がいれば、魂に直接ダメージを与えて倒せるね。

(次はゾンビを倒してみよう！)

私が通って来た道のりにゾンビはいなかったから、皆ですれ違ったのを除けば初遭遇だ。

突然いなくなった私を探して右往左往しているスケルトンたちから離れた一群に近づき、ゾンビと対峙する。

ゾンビは人間や動物の死体にヒトダマが取り憑いて動く魔物だ。スケルトン同様に痛みを感じず、疲れない。筋肉は腐敗しているため特別力が強かったり動きが速かったりはせず、むしろ余計な肉がついているせいでスケルトンより遅い。

私の目の前にいるゾンビは成人女性の姿をしているが、肌は青ざめ目や舌はだらしなく垂れ下がっている。

(死してなお無理やり身体を動かされている哀れな女性に救いを。ホーリーレイ)

骨と違って、腐肉のついた死体というのはかなりショッキングだ。この人も死ぬ前は魔物になって徘徊するなんて考えてもなかっただろうな。元の意識は存在しないとはいえ、肉体も安らかに眠らせてあげたい。

ホーリーレイは寸分たがわず眉間の中心を撃ち抜いたけれど、ゾンビの動きは止まらない。

(うー、やっぱり一発じゃだめだね)

ゾンビがスケルトンに比べ優れている点、それは耐久力だ。

仮初とはいえ肉体で覆われているので、それによって魂が保護されているのだ。ホーリーレイも当たった部分が浄化されるだけで倒すには至らない。

(兵士さんが相手する場合もスケルトンより大変そう……切っても切っても向かってくる死体とかやだよぉ)

とりあえずホーリーレイを何発か当ててみると、三発当てたところで動きが止まった。すかさず魂を喰らう。

(まっっず‼)

何これ！

取り込んだ瞬間、全身を言いようのない不快感が襲った。それこそ、誤って腐った肉を口に入れてしまった時のような気持ち悪さだ。

うげぇ。私が地面を転がって悶絶していると、別のゾンビが近づいてきた。

「ぺちゃぺちゃ」

(ゾンビのスキルは……アシッドアタックだっけ)

神託で得た情報を思い出す。

物理攻撃に毒を付与するスキルだ。もはや毒と言ってもいい魂に侵されている私は、それを避けることができない。

しかし、ゾンビの腕は私をすり抜けて地面を叩いた。

(死霊強いじゃん！)

ゴズメズやスケルトンが当たり前のようにダメージを与えてくるので忘れてたけど、純粋な物理攻撃は無効にできるんだ！

となれば、ゾンビは敵じゃない。問題はホーリーレイを三発も使わされるところだよね。

ようやく身体の感覚が元に戻ってきたので、ゾンビに闇魔力を込めた手を向けた。

(こっちならどう？　ファイアーボール)

あまり使う機会には恵まれなかったけど、キツネビの種族スキルだ。魔力量に応じたサイズの火の玉を飛ばすだけの、単純なスキル。余談だけど、魔法使い系のギフトにも似たような魔法がある。

ファイアーボールは真っすぐゾンビに飛んでいき、着弾と同時にゾンビを包み込んだ。

魔力を多めに送り込んで炎を維持する。ゾンビが苦しそうに中で暴れ回るけど、逃がさないよ。

ものの数秒でゾンビは膝をついて、崩れ落ちた。肉体も綺麗に焼けて、シルエットが骨だけになる。

(うん、ファイアーボールのほうが良い感じ。ホーリーレイ一発分くらいの魔力で足りるね)

生前の魔物知識が役に立ったようだ。冒険者の人から聞いたことがあったんだよね。

派手に戦ってまた魔物が集まりだしたので、戦線を離脱する。

あちこち荒らしまわるだけなら簡単だけどあんまり足止めにはなってないな。

(スケルトンソルジャーは倒したことあるし、メイジとアーチャーも問題ないと思う。となると……)

全体の指揮を執っているような動きを見せる、エアアーマーに目をやる。

五体のエアアーマーは離れた位置にいて、それぞれ周囲のアンデッドを統率している。武器は大きな両手剣だ。

（神託だと、ランクDでスキルは『虚無斬り』……ランクは私と同じだけど、攻撃向きのスキルっぽいのが怖いね）

エアアーマーは大男が身に着けるような全身鎧を身に着けた魔物、のように見えるが、中身は空洞である。例のごとく魂が憑依して操っているのだが、ゾンビよりも耐久力がありスケルトンより素早く攻撃力がある。つまりは単純に強いのである。

またエアアーマーの周りにも多くの魔物がひしめいているので、他の魔物を無視してエアアーマーとだけ戦うのは不可能だ。

（あとはちょっとずつ戦力を削りつつ、アレンを待とうかな）


孤児院を出たアレンは、脇目も振らず兵士の詰め所に向かった。まるで変わり果てた幼馴染から逃げるように。

聖女の逝去を枢機卿レイニーから聞いてから数日、彼は食事も喉を通らないほど憔悴していた。

久々に会った聖女ですらやつれた、と感じるほど頬がこそげ落ち、目には隈がある。

身近な人間が亡くなるのは初めてではない。だが、彼にとって聖女セレナは特別な存在だったのだ。

シスターや子どもたちに心配をかけまいと気丈に振舞ってはいたが、内心は荒れ狂っていた。

その矢先に現れた、亡き彼女の言動をする魔物。

暗がりの中でうっすらと浮かび上がる黒いシルエットは、恐ろしい見た目とは裏腹に小さく丸まって落ち込み始めたのだから驚いた。魔物はアレンの記憶にある幼いころのセレナと同じように床の木目をなぞり、名前に反応した。

「あれはセレナだ、間違いない」

アレンはそれを確信していた。問題は、どうやって人に説明するのか。

アンデッド系の魔物は死者がベースとなっているのは有名な話だが、生前と同じように行動する死霊など聞いたことがなかった。アンデッド系に精通する『不死の魔王』ファンゲイルすら知らなかったのだ。アレンが知るよしもない。

死者の姿をしているが、あくまで生前とはなんら関係のない魔物である。それが一般の認識だし、ギフテッド教の教えでもある。

生前との関連性を認めてしまうと駆除作業に支障が出るから、ある意味当然の教義だ。

だが孤児院の屋根裏部屋にいたレイスは、セレナだった。彼女はこの国の危機を伝えに来たのだ。

「セレナの頑張りに応えないとな」

ついさっき通った道を引き返して、兵士の詰め所に辿り着いた。そして息を整える時間も惜しんで木造の建物に飛び込んだ。

「カール！　いるか！」

中でくつろいでいた兵士たちがぎょっとして入口に目をやった。休憩中の者、会議や相談をしている者、書類の整理をしている者など様々だ。

「おう、呼んでくるから待ってろ」

無精ひげを生やした中年の兵士がずかずかと歩み出て応えた。ガサツな対応だが邪険にされている様子はない。

兵士は街の治安維持や巡回、門番や警備などを行うれっきとした職業だ。その街に住む平民がほとんどで、誇りと責任を持って働いている。また要望に応じて市民の手伝いをすることもあるので、頼りにされている。

「やあアレン、どうかした？　何か言い忘れたことでもあったの？」

「魔物が攻めてきた！」

端的にそう叫ぶと、聞き耳を立てていた兵士が一斉に腰を浮かせた。物騒なことを言い出したアレンに怪訝な視線が集まる。

「どういうこと？　アレンはさっきここを出たばかりでしょ？」

カールはアレンを宥めるように手をひらひらと振った。彼の言葉は正しい。もし街の外に魔物が溢れているとしても、それを確認して戻ってくるほど時間が経っていない。

大方セレナの死を受け入れられず混乱しているんだな、とカールは冷静に判断した。うっ、と言葉を詰まらせたアレンを見て、疑いの目を向ける。

「本当なんだ！　頼む、今すぐ準備をしてくれ！」

「そう言われても、ね」

カールが困ったように眉を下げると、兵士たちが忍び笑いをして元の作業に戻っていった。

アレンは顔を真っ赤にして怒鳴りそうになるけど、慌てて口をつぐむ。

カールたちだって悪気があるわけじゃない。アレンの話は荒唐無稽だし、かといって死んだセレナが危機を伝えに来た、なんて言った日にはいよいよ頭がおかしくなったと思われる。

代わりに真剣な顔でカールを見つめた。

「五十体の魔物が攻めてきてるんだ。このままじゃ街が大変なことになる」

その数を聞いて、一瞬詰め所が静寂に包まれた。冗談で言っているような雰囲気ではない。だが、あまりに現実味の無い話を素直に信じることはできない。

そもそも、ここ数年は聖女の結界によって街道付近に魔物が出現することは一切なかった。セレナが聖女になる前の時代を経験した者も多いが、その頃も他の神官たちの尽力によって街への被害は少なかったのだ。

だからアレンの言葉を信じる者は誰もいない――一人を除いて。

「本当なんだね?」

「一緒に戦ってほしい」

カールは腕を組んで目を閉じた。兵士たちがそれをじっと見つめる。

この詰め所にいる兵士はカールの部下たちだ。才能と自信にあふれる若き隊長がどういう決定を下すか、固唾を飲んで見守る。

「正直、にわかには信じがたいね。結界がなくなったかどうかも確認が取れていないし、冒険者や神官の人が定期的に間引いているから、それほどの魔物が一度に攻めてくるというのも考えづらい」

兵士たちがほっと胸を撫でおろした。

アレンは咄嗟に言い返そうとしたが、カールの手のひらに静止される。

「だが、真面目で誠実な弟の言葉だ。ここで突っぱねたら、僕は兄失格だね」

「それじゃあ！」

「といっても、事実確認は必要だ。第三小隊は周囲の索敵を。それと、誰か冒険者ギルドに協力を要請してきて。他の者は戦闘準備」

カールはアレンに背を向けて、てきぱきと指示を出し始めた。

それまで不満そうな顔をしていた兵士たちも、いざ命令が下ると迅速に行動を始めた。日々の訓練によって統率された動きは美しさすらある。

「魔物は街道にいるんだ」

「なぜそんな……いや、聞いたか？」

「わかりやした！　すぐに見てきやす」

元気に返事をした兵士は詰め所を出て、索敵に向かった。セレナの説明はジェスチャーと指の動きのみで要領を得なかったが、街道沿いに魔物の大群がいることは間違いない。

「確認が取れるまでどうしますか？　冒険者ギルドへの要請はその後のほうがいいですよね」

別の兵士がカールに指示を仰ぐ。

「いや、陽が沈んでからでは遅い。あいつが戻る前に僕らも出撃する」

全員が詰め所を離れるわけにはいかない。アレンが目を白黒させている間に編成が終わり、待機する者を除いて二十二名の兵士が街道に向かうことになった。

「アレンは――」

「行く」

「わかった。剣はあるね？」

こくりと頷いて、腰に下げた剣に手を添える。

アレンとカールはどちらからともなく動き出した。


足止めと言っても、大規模に結界や聖域を展開することはできない。惜しげもなく魔力を使い放題だった生前とは違うのだ。

（ゾンビのほうが厄介そうだよね。少しでも数を減らそう。ファイアーボール！）

代わりに、私はゾンビを中心に少しずつ魔物を倒すことにした。

最前列のゾンビが火だるまになり、燃え尽きていく。ファイアーボールは魔法の炎だから、物質的な炎と違い相手の魔力や属性、弱点によってダメージが変わる。ゾンビは炎が弱点なので、よく燃えるというわけだ。

ゾンビを一体倒している間に、周りのスケルトンやゾンビたちがわらわらと集まってくる。しかし動きが遅く反応も鈍いので、私は難なく抜け出した。

(一体倒せば周りは私を探してうろうろするから、歩みが止まるんだよね。これで結構足止めになるかも)

最前列で動きが止まれば、その後ろに続く魔物たちも前には進めない。

全体で見れば微々たるものだけど、あちこち移動しながら一体倒して離脱を繰り返すことで結構な時間を稼げたと思う。アレン早く来て！

「カチャカチャ」

(ん？　ううぉっ)

すぐ後ろから音がして、黒マントの端を剣が掠めた。慌てて飛び退いたけど、身体の一部であるマントが切られたことで激痛が走った。

振り返ると、そこにいたのはエアアーマーだ。空っぽの全身鎧が両手で握る剣は、吸い込まれそうなほど黒い魔力を纏っていた。

(これが『虚無斬り』……やっぱり霊体にもダメージを与えてきたね)

さすがに暴れすぎたのか、指揮官の怒りを買ったようだ。

エアアーマーも話すことができない魔物だけど、立ち姿から憤りがひしひしと感じられる。Dランクにもなると自我が芽生えるのかもしれない。

(わざわざ最前列まで出張ってきたってことは、私を倒しに来たんだよね)

どの道倒さなければいけない相手だ。

エアアーマーは近距離攻撃しかできない。周囲に気を付けながら後退して、大剣の間合いから出た。

（ホーリーレイ）

すかさず聖属性の魔法を放った。エアアーマーは咄嗟に身を傾けたけど、避け切れず肩に命中した。

スケルトンであれば一撃で魂を大幅に消耗させることのできる魔法だが、物理魔法ともに耐性を持つエアアーマーには効果が薄い。全くのノーダメージというわけではないけど、鎧を貫通することはできなかった。

（鎧に守られているせいでソウルドレインも効かないだろうし、まずは鎧をなんとかしないと……）

試しにファイアーボールを放つが、鎧に弾かれて明後日の方向へ飛んでいってしまった。

いとも簡単に攻撃をいなしたエアアーマーは、ぐっと一歩踏み出して地面を蹴った。

（速い⁉）

ゴズメズほどじゃないけど、かなりの速度で肉薄してきた。ファイアーボールを撃った直後の私は逃げきれない。

（聖結界、二枚重ね！）

メズに一瞬で割られたことを思い出して、咄嗟に二枚の物理結界を私の前に展開した。見えない壁のような結界は、エアアーマーの刃を受け止める……はずだった。

（え……？）

『虚無斬り』は聖結界などなかったかのように、一切減速せずに薙いだ。切っ先は私の腕を深々と切り裂いた。魂を削り取られる痛みに絶叫する。もう少し距離が近かったら真っ二つにされていたに違いない。

（防御不可？）

そうとしか思えない効果だ。

腕を押さえながら後退する私を、今度は上段から振り下ろすことで追撃してくる。

「カチャカチャ」

聖結界じゃだめだ。さっきは物理に厚く作ったから、もしかしたら魔法防御寄りの結界にしたら防げるかもしれない。だが、それより上位の結界がある。

（結構消費大きいから使いたくなかったけど……破邪結界）

聖結界が物質や魔力の『通過を防ぐ』ものなら、破邪結界は『通過したものを破壊する』結界だ。無理やりぶつければ攻撃にも転用できる結界だが、今回は『虚無斬り』を食い止めるために使用する。

横薙ぎに比べ、振り下ろしは剣の重さも加わってすさまじい威力を誇る。勢いよく落とされた大剣は、破邪結界にぶつかった。二つの魔力が拮抗して、攻撃が停止する。

（よし、剣の破壊まではできなかったけど、魔力は消せたみたい！）

しかし、ホーリーレイもファイアーボールも通用しないという状況は変わっていない。

破邪結界をぶつけても、剣よりも硬いであろう鎧を突破するには至らないだろう。

（じゃあこれなら？　ポルターガイスト）

厳密には攻撃ではない、魔力で物を掴むスキル。

私はこれを使って、エアアーマーの身体を包み込んだ。見えない縄に縛られたように、エアアーマーが動きを止める。

まずは腕を縛り上げ、剣を奪いとった。そして兜を魔力の腕でわしづかみにする。

（これを脱がせれば……！）

どういう原理なのか、空洞のはずなのに兜がくっついてなかなか離れない。エアアーマーは両手で頭を押さえて抵抗する。

それでもポルターガイストのほうが力は上だ。エアアーマーの魂から引き剥がされた兜は、急速に重さを失って遥か上空にすぽん、と飛んでいった。空っぽの中身が露わになる。

すなわち、魂が露出したということだ。

（ソウルドレイン！）

今度は鎧の中から魂を引きずり出す。内側からの攻撃には弱いようで、あっけなく剥がし吸収することに成功した。

魂を失いただの鎧となった胴体は、カチャカチャと音を立てて地面に転がった。

（やった！　強敵だったけど勝てたしすっごい美味しい！）

こんな時でも魂の味を楽しんでしまう。

Dランクとは思えない強さだった。一応レイスも同じランクのはずなんだけど、エアアーマーは戦闘特化って感じだったしこんなものかな。

エアアーマーが攻撃している間は遠巻きに見ていたスケルトンたちが、弔い合戦とばかりに敵意をむき出しにした。

死闘のあとで気が抜けていた私は即座に撤退を判断する。

(って、後ろにもいる⁉)

思いのほか囲まれてしまったようだ。

仕方なく強硬突破しようと、聖属性の魔力を右手に集める。

その時、逃げ道を塞いでいたスケルトンが何かに突き飛ばされて転がった。

「セレナ！　待たせた！」

(アレンだ！)

てことは、兵士たちが来てくれたのかな？

殲滅開始だ！

アレンがこじ開けてくれた道を通って、包囲から抜け出した。といっても最前列にいたから、スケルトン一体分の隙間で十分だ。

到着してすぐに私の姿を発見して助太刀に来てくれたのかな。昔から私を見つけるの上手いよね、アレン。

「アレン！　あまり前に出ないでよ！」

後ろから走ってきたのはカールだ。私たちの五つ年上のお兄ちゃんで、剣術の腕を見込まれて兵士になった秀才。

その後ろには筋骨隆々の兵士たちがたくさんいた。二十人くらいかな。みんな、アレンの呼びかけに応じてくれたんだ！

空がうっすらと赤く染まり出した頃でまだ日が沈み切るまで時間はあるから、ベストなタイミングで来てくれたと思う。

喜びのあまり手を振って輪に入りたくなるけど、レイスが突撃してきたら大パニックになるよね。ちょっと離れたところから様子を窺う。剣を一振りしてスケルトンたちから距離を取ったアレンが、兵士のほうへ戻っていった。

「悪い！」

「いや……それにしても近くで見るとすごい数だね。僕たちだけじゃ厳しそうだ」

少し減らしたとはいえ、魔物はまだ九十体ほど残っている。それも人間とは違い疲労しないアンデッドだ。兵士一人につき三体倒してもまだ足りない。

「冒険者ギルドへの要請はどうなったんだ？」

「一応向かわせたけど、来てくれるかは五分五分かな……とりあえず目の前の敵に集中しよう」

十歩ほどの距離に魔物の大群がいるというのに、カールは落ち着いている。後ろの兵士たちはどこか浮足立っている様子だったが、振り向いたカールが剣を掲げたことで目の色が変わった。

兵士は魔物戦が専門ではないが、日ごろから訓練に励む精強な男たちはスケルトンくらい物ともしないと思う。でも、いかんせん数が多い。

スケルトンの骨は脆いとはいえ、何体も斬っているうちに刃もダメになるだろう。

（ちょっと魔力たくさん使っちゃうけど……聖属性付与）

こっそり放出した魔力が、アレンやカールたちの剣に吸い込まれていく。勘の良い兵士は剣を見て「これは……」と呟いている。

厳密には魔法ではないが、聖女として活動していく中で身に着けた技術だ。聖属性の魔力を物質に付与し、保護する。いわゆる聖別やお清めと呼ばれるもので、アンデッドに対して高い威力を発揮するようになる。

身体から魔力がごっそり減った。魔法生命体である霊体は魔力と魂でできているから、身体自体軽くなった気がする。

たくさん魔力使って聖別したから、兵士たちに頑張ってもらうしかない！

「総員、突撃！」

カールの合図で、兵士たちは一斉に動き出した。

アンデッドは足並みを揃えて進軍しているように見えるが、近くに人間が来ると嬉々として襲いかかった。だがある程度離れたところにいるアンデッドは興味を示さず、静かに歩くのみだ。

「めちゃくちゃ切れるぞ！」

「なんだこれ、まるで魔法のような……？」

「ふふふ」（久々に聖女として人に感謝されてる！）

聖別された剣はスケルトンの骨を容易く真っ二つにし、物言わぬ骨に変えていく。温存して死者でも出たら大変だもんね。

「おびき出して少しずつ撃破しましょう！　カール隊長、これ、勝てそうですよ⁉」

それに気が付いた兵士の一人が声を張り上げる。

「そうだね。でも油断しないように」

兵士がどれだけ強くても、囲まれてしまったら物量で押し負ける。それを防ぐために、動きが単調で誘導しやすい低位の魔物を集団から切り離して、各個撃破するのだ。

さすがの連携と言うべきか、四、五人ずつの小隊に分かれた兵士たちは次々とアンデッドを倒していく。

ソルジャー、メイジ、アーチャーなどの上位スケルトンも、実力のある小隊長クラスの兵士が危うげなく処理する。

（いける！　これはいける！）

弱い魔物はみんなに任せて、エアアーマーを倒そう。さすがに剣の通用しない相手は、兵士には荷が重い。

エアアーマーを探してさまよっていると、アレンが近づいてきた。

「セレナ、なんとかカールを説得できた。こんなにいると思わなかったけどな」

ありがとう、という意を込めて両手を上げて丸を作った。

アレンがいてくれてよかったよ。おかげで、なんとか街を守れそう。

「セレナのおかげだ。教えてくれなかったら大変なことになるところだった。この数の魔物が街に辿り着いていたら、かなりの犠牲が出たと思う。これが終わったらきちんとカールに話そう。……もっとも、それも無事勝ってから、だな」

「あははは！」

「はは、魔物になっても笑い方変わってないな」

二人で笑い合って、魔物を食い止めるべく別れた。

エアアーマーは残り四体。攻略法は一体目でわかった。

ポルターガイストは、魔力を操って物を掴むというスキルだから魔力消費が少ない。あくまで物を動かすスキルで破壊には向かない分、一度出した魔力は消費されずに使い続けることができるのだ。

火に魔力という薪をくべるのが魔法なら、薪そのものを使うのがポルターガイストである。使っても減ったりしない。

（見つけた！）

聖別で魔力を大幅に消費した分、ここで使いすぎると魔力切れになる。

（節約節約……ポルターガイスト）

要領は一体目と同じだ。

両手を前に出して、手の延長線上に魔力があるイメージ。それを使ってがっしりとエアアーマーを挟み込む。

剣を奪って、兜を摘まみ上げる。

（ふんぐーーーー）

乙女らしからぬ声を心の中で叫びながら、兜を引きはがしにかかる。

魔力を知覚できないギフトなしの兵士から見たら、エアアーマーがひとりでに浮き上がっているように見えるだろう。見えない攻撃と、もがき苦しむエアアーマーの攻防はすぐに終わりを迎えた。

(近づかれなかったら私に分があるね！)

すかさず近づいて、魂をぺろりと平らげる。

うんまーい！

兵士たちは、ファンゲイルの軍勢を徐々に駆逐していった。

既に魔物は五十体程度まで減り、各所で戦闘が行われているから進軍速度も落ちている。このペースなら街まで着く前に倒せそうだ。

魔力をケチらず聖別しておいてよかった。

心配があるとすれば、時間だ。陽が沈むまであと幾ばくもない。夜になれば視界が悪くなり、人間にとって戦いづらい環境になる。魔物になってわかったけど、アンデッドは夜でも問題なく見えるのだ。そもそも眼球のない魔物ばっかりだし、どうやって見ているのかわからないけど。

「メイジスケルトンに気を付けろ！」

メイジスケルトンやスケルトンアーチャーは遠距離攻撃をすることができるスケルトンだ。カタカタと音を立てて弓をつがえる、あるいは杖を向け、スキルによる攻撃を放つ。

本来であれば、今のような混戦状態で誤射の危険のある攻撃はしないのだけど、スケルトンには関係ない。味方に当たることなどお構いなしに、撃ちまくる。それによって何人かケガ人が出始めていた。

「幸い動きは遅い！　距離を詰めて優先的に排除だ」

カールが指示を飛ばす。

（うーん、さすがに結界で守るほど余裕はないかも）

結界は目まぐるしく場所が切り替わる戦闘には不向きなんだよね。場所が固定された場所を守るのは得意だけど、自由に動かすことはできない。

攻撃に合わせて何度も展開する余裕はないので、傷の深い兵士にだけ回復魔法をかけて次なるエアアーマーを探す。

「傷が治って……？」

回復魔法は聖女や神官の代名詞とも言える魔法で、生前の私ならちぎれた腕すらくっつけることができた。ただ、魔力を多く消費するので多発することはできない。

（三体目……！）

コツを掴んだ私はポルターガイストであっさりとエアアーマーの兜を引っこ抜いた。これ、人間にやったら首千切れるんじゃ……。レイス、恐ろしすぎる。

私の知ってるレイスってその辺の物浮かせて暴れるだけなんだけど、こんなこともできたんだね。

もしかして、私頭良すぎ？

「押し込めぇえええ！」

「俺たちならやれる！」

中盤戦に差しかかり、約二十人の兵士の士気は最高潮に達していた。

スケルトンの剣を一人が防ぎ、もう一人が横から切りつける。ゾンビの毒攻撃を避けながら、首を落とす。移動や戦闘の疲れもあるだろうに、彼らの動きはどんどん洗練されていった。

そして、私が最後のエアアーマーを倒しきるのとほぼ同時に、全ての魔物が倒れ伏した。

私以外ギフトのない兵士の集団にしては、驚くべき戦果だ。

「やった、やったぞセレナ！」

アレンが声を震わせながら駆け寄ってくる。私もふわふわ浮遊して、一緒に喜びを分かち合おうと近づいた。

みんなで勝鬨を上げよう！

しかし、他の兵士たちは動かない。油断なく剣を構えたまま、アレンを――いや、その先の私を見ている。

「アレン」

カールが険しい顔でアレンを呼び止めた。

彼もまた、剣を下ろさない。

「カール、なんだよ」

「まだ魔物がいるでしょ？　しかもそいつは上位種だ。危険だから下がってて」

「なっ⁉」

戦闘の高揚感を引きずったままの兵士たちも、口々に戦意を表した。全員の殺気が私一人に集められる。

それは、先ほどまでスケルトンやゾンビに向けられていたものだ。純粋な敵意。街を守ろうという、彼らの決意。

「ふざけんな！　こいつは敵じゃない！」

「アレン、落ち着いて、こっちに来るんだ」

アレンは私を背に庇うように前に立って、両手を広げた。私は彼の後ろで、ただ黙って震えていた。

カールはあくまで優しい口調でアレンを諭す。

「カール、わかるだろ？　こいつはセレナなんだ。ほら、セレナ、カールに何か――」

「アレン、セレナは死んだんでしょ？　そいつはただの危険な魔物だよ」

そう、私は間違いなく死んだ。王子の奸計によって、あっけなく処刑されたんだ。

だから、ここにいる私はセレナではない。セレナの記憶を持っただけのレイスだ。兵士やカールの判断は正しく、ゾンビやスケルトンだけではなく私を倒すまで戦いは終わらない可能性がある。

兵士たちも口には出さないけどカールと同じ意見なようで、剣を構えたままじりじりと距離を詰めてくる。その表情には怯えが垣間見える。ああ、私結構大暴れしてたからね。

「危険じゃない！　セレナが鎧の魔物を倒しているところ見てただろ？　それに、魔物が攻めてきていることを教えてくれたのはセレナなんだ」

「……アレンはあの子と仲良かったからね、信じたくない気持ちはわかるよ。たしかに、さっきまでは仲間割れをしていたようだけどね、それだけで魔物を信じる理由にはならないんだ」

アレンが肩を震わせ、拳を握りしめた。怒り出す前兆だ。

二人のやり取りを見ても、私の心は驚くほど静かだった。

拒絶されたのはレイニーさんに続いて二度目だ。だから仕方ないかな、って思う。

ギフテッド教徒であってもなくても、魔物とは人間の生活を脅かす危険な存在だ。結界が張られたのはここ数年の話で、その前は神官の尽力があっても多くの被害が出ていた。成人男性がほとんどの彼らにとって、記憶に新しいことだろう。もしかしたら、近しい人が魔物被害にあった兵士もいるかもしれない。

(そりゃ、私を受け入れるには難しいよね。だって私、死霊だもん)

アレンがすぐに私だと認めてくれたのが異常なんだ。彼には感謝してもしきれないけど、もうここにはいられない。

ひとまず進軍を食い止めることができたから、しばらく一人で戦おう。

大丈夫、王国は私が守る。

(だから、さよならだよ。アレン)

アレンは人間、私は魔物。

それはどう頑張っても変わらない。アレンと一緒にいるということは、彼に迷惑をかけることになる。

「ふざけ――」

アレンがいきり立って怒鳴りつけようとした瞬間、私はスキルを発動した。誰の目からも明らかなように、突き出した手のひらから炎を溢れさせる。頭大に肥大化した火の玉でアレンの背中を狙う。

「アレン！」

ファイアーボールに気が付いたカールがアレンに飛びついた。重なって倒れ伏したタイミングを見計らって、アレンの背中があった場所にファイアーボールを撃った。もちろん当てるつもりはなく、地面にぶつかって消えた。

そのまま背を向け、全力で逃げる。兵士たちが追ってきたけど、馬が走るほどの速度で移動する私には追いつけない。

（また人間の力が必要になったら、アレンしか頼れる人いないから会いに来るね！）

あーあ、また一人になっちゃったな。

別に、感謝されたくてやったわけじゃない。

会うことはできなかった孤児院の皆や、街を守ることができた。それだけで十分だ。

本音を言えばアレンともっと一緒にいたかったけど、この身が受け入れられないことは元よりわかっていた。

でも、こんな思いはもうたくさんだ。

（ぜったい人型になってやる！）

うじうじしてるのは私らしくないもんね！

人間らしい見た目の魔物になれれば、少なくとも初対面で怖がられることはなくなる。ファンゲイルは骨さえ持ってなければ人間にしか見えないもん。進化を重ねればきっと、人型になれるはず。

（もしかしたら人間に戻れたりとか!?）

それはないか。

とりあえず魔物の侵攻を食い止められたから、森に戻って動向を探ろう。

今度こそ見つからないように、情報を集めないと。

夜の帳が降りるとほぼ同時に、私は『不死の森』へと戻って来た。不気味な靄が立ち込めるこの森も、私にとってはすっかり心安らげる場所になったね。第二の生まれ故郷と言ってもいい。

（ただいまー！）

「おかえり」

（ひゃいっ！）

まさか返事が返ってくるとは！

ていうか、この少年のような明るい声は……。

（ファンゲイル⁉）

慌ててその姿を探すと、針葉樹に寄りかかって座るファンゲイルの姿があった。傍らには当たり前のように魂の入っていない人骨がある。しかも、前回とはドレスが変わってる。オシャレさんなのね？

「やあ、見てたよ」

（ぎくり！）

きっと私のことを始末しに来たんだ！

上手く逃げきったと思ったのに……。私が聖女だったことはバレてるから、ファンゲイルにとっては因縁の相手だ。見逃す理由がないよね。

私としてもファンゲイルさえ倒せば街は守れる。人間のような姿をしているとはいえ魔王、躊躇してられない。私はちょっと逃げ腰になりながら、ポルターガイストの発動準備をする。さっきの戦闘で魔力を使いすぎて、残量がほとんどない。

「驚いたよ。ちょっとした宣戦布告のつもりで下位の魔物をけしかけたら、まさか君が現れるなんてね。ましてや被害ゼロで勝つとは思わなかった。エアアーマーは結構強いんだけど、レイスになったおかげかな」

ファンゲイルは地面に置いた杖に手を伸ばすことなく、呑気に骨子ちゃん（私命名）の頭を撫でた。相変わらずの変態趣味で怖気立つ。どうやら即殺し合い開始、みたいな雰囲気ではないようで穏やかな笑みを湛えている。

（何しにきたの？）

「ああ、そんなに怖がらないでよ。さっきも言ったとおり、ここにいるのはたまたまなんだ」

（私を捕まえたいんじゃないの？）

「昨日はそう思っていたけど、今は君に興味が湧いているんだ。取って食おうなんてつもりじゃないから、安心していいよ」

ファンゲイルの口調は優しい。でも、そうやって油断させてくる気かもしれない。

それならそれで望むところだ。このチャンスに情報を引き出そう。その迂闊さで捕まりそうになったことを棚に上げつつ、腕を下ろした。

「君、聖女だった子だよね？」

（うん、そうだよ）

「そっか。死んだから結界がなくなったんだね。てっきり皇国に行ったのだと思っていたよ。不運だったね」

聖女のこと、皇国のこと。随分人間側の事情に詳しいらしい。

「生きてたころの記憶はあるし、ギフトも使えるんだよね？」

（うん）

「すごいな。長年研究してきて初めてだよ、そんなの。聖女だからなのか、術式に変化が生じたのか。聖女以外にも、レアギフト持ちの魂なら……。再現が可能なら知能の高いゴーストの集団を作れるし、もしかしたら人を……お前を蘇らせることも……」

顎に手を当てて、骨子ちゃんを見ながらぶつぶつと思案するファンゲイル。

気がつけば私が情報を引き出されている気がするね。

うう、腹の探り合いは苦手なんだよぉ。貴族にはそういうの得意な人たくさんいたから、なるべく余計なこと喋らないように、とレイニーさんに厳命されてた。アホな子だと思われていたのかもしれない。

このままで終わるわけにはいかない！

（ねえね、次いつ攻撃する予定？）

「はは、直球すぎるでしょ。教えたら邪魔するんでしょ？」

（しないよ！）

します。

さすがに教えてくれないか。

砦で見た魔物が一斉に攻めてきたら、兵士だけじゃとても対応できない。冒険者や騎士団が揃ったらなんとか抵抗できるかもしれないけど、ゴズメズや門番スケルトン、あるいは姿を見ていない幹部の魔物が現れたら勝ち目がないだろう。

もし負けたら、その時は王国が滅ぶ時だ。

「そうだな、君が僕の物になるっていうなら教えてあげるよ」

（えっ）

「そんな嫌そうにしなくても……」

いや、乙女としては死んだ女性の骨とイチャイチャするような変態はちょっと……。

ファンゲイルの綺麗な顔が悲しそうに歪む。

（私は、王国に大事なものがあるから、あなたの仲間になるわけにはいかないの）

「大事なものっていうのは、さっきの人間たちかい？　随分嫌われていたようだけどね」

（それは……）

「人間って薄情で残酷だよね。たった今助けてくれた相手にも、平気で手のひらを返すんだ。それが正しいことだと盲信してね。固定観念に支配されて、本質を見ようとしない。君の心はとっても優しいのにね」

見た目もキュートだけど、と歯の浮いたセリフを吐くファンゲイルの目は、ちっとも笑ってなかった。まるで、別の誰かに向けた言葉のようだった。

（そんなことない！　アレンはちゃんと私って気づいてくれたもん）

「君を庇っていた男の子かな？　そうだね。でも君は彼を攻撃したじゃないか」

（それは……）

「わかってるよ。彼が君の仲間として迫害されないように機転を利かせたんでしょ？　今後も侵攻が続けば、彼の立場がどんどん危なくなってくからね。でも――それこそが、君が人間を信用していない証拠じゃないかい？」

言葉が詰まる。

別に、そこまで深く考えていたわけじゃない。アレンが困らないようにしたいなって思ったら、ファイアーボールを撃つことを思いついた。

結果的にアレンはカールのもとに戻り、私は森に逃げ帰ってきた。彼らの中で、私は完全に敵だと認識されただろう。

「君は死霊なんだ。人間の中に居場所はないよ。どれだけ尽くしたって、彼らは何度でも君に牙を剥く。僕のところなら可愛がってあげられるし、仲間もいっぱいいる。悪くない話だと思うけどね」

（なんで私が欲しいの？）

「研究に協力してほしい。君は特別な存在だから、できれば無理やりじゃなく自分の意思で来てほしいと思ってるんだ。聖女の時にさんざん邪魔してくれたことは不問にしてあげる」

やっぱ根に持ってた。

「まあ、考えておいてよ。僕はいつでも君を受け入れるよ。ただし邪魔をするなら容赦しないけどね」

ファンゲイルは立ち上がって入念に汚れを落とすと、骨子ちゃんを抱きかかえた。

木の裏から巨大な骨が顔を出した。人骨じゃない。あれは……ドラゴン？　見聞でしか知らない存在だけど、ファンゲイルの三倍ほどの体躯に巨大な手足、鳥のような翼といった特徴はまさしくドラゴンのものだった。

ファンゲイルは魔力を使って跳び上がり、ドラゴンの頭蓋骨に乗った。

「じゃあね、死霊聖女ちゃん」

ドラゴンは骨の翼を羽ばたかせ、ファンゲイルを乗せて空へ舞い上がった。

一方的に言って、ファンゲイルは消えていった。

なんだったんだろう。忠告というよりは、本当に私を勧誘しているように感じた。

（でも、王国を滅ぼそうとしてる人の仲間になんてなれないよ）

アレンたちを守るためには、結局ファンゲイルと敵対する道に行く他ない。

侵攻をやめる気などさらさらないようだった。ならば、力づくで止めるしかないのだ。たとえ、その後人間に受け入れられず王国を去ることになるのだとしても、心まで魔物になるつもりはない。

（何より、変態魔王の配下になったら絶対変なことされるよ！）

だって骨を愛おしそうに抱きしめて歩いてるような男だよ⁉

貴族もちょっと常人離れした嗜好をもつ人はいたけど、ファンゲイルに比べると正常に見えてくる。

ファンゲイルを止めるという当初の目標はそのままに、すべきことを整理してみる。

まずは、何よりも進化だ。レイスのままだと相変わらず喋れないし、人間に怖がられることがわかった。それに戦闘能力という点でもやはり足りない。

協力者も必要だ。レイニーさんたちが戻ってきてくれるのが一番なんだけど……。アンデッドの集団を相手取るのに、ギフテッド教の神官以上に適正のある者はいない。冒険者の中にも聖属性に関連するギフトを持つ人もいるかもしれないが、数は少ないと思う。

アレンにも引き続き頑張ってもらいたい。二人でみんなを守るんだ。さっきの攻撃はただのポーズだってわかってくれるよね？

あとは会いたくもないけど、王子や貴族にも対応してもらわないと。小さい頃から鍛錬を積み、宮廷剣術を習得している騎士団も相当な戦力になるはずだ。問題は、王宮内の警備や護衛が仕事だから外に出たがらないところ。魔物との戦闘経験もなさそうだ。

（なんか、いろいろあって疲れちゃったな）

肉体的にはともかく、精神的にどっと疲れが溜まっている。魔力も心元ないし、今日は休もう。

私はその場でうずくまり、夜明けまでじっとしていた。この身体になってから眠ることができないけど、何も考えずぼーっとしていると少しずつ意識が解けていった。熟睡ってわけじゃないが精神的に少し休めていると思う。

あーあ、もっと生きていたかったな。

アレンカッコよくなってたな。生きていたら、結婚とかできたのかな。
ちょっとばかり後悔に苛まれながら、夜が更けていった。

六章

元聖女の死霊が兵士と協力して街を一つ守り切った頃。

レイニー率いるギフテッド教の一行が補給のために立ち寄った村は——滅んでいた。

「これは酷い……」

レイニーはそこかしこから立ち昇る死臭に思わず顔をしかめる。

人口千人ほどの小さな村だ。農作業をしていた者たちが真っ先に殺され、次に逃げ遅れた子供たちがアンデッドの手にかかった。子供たちを助けようとした大人たちも同様だ。

無事逃げきれた者や隠れ潜むことで難を逃れた者たちを救助しながら、死体を浄化していく。到着時には闊歩していたアンデッドは神官たちによって瞬く間に浄化されたが、失われた命は戻らない。

泣き叫ぶ村民、荒らされ、壊された家屋や畑。すっかり姿を変えた小さな農村に、言葉が出ない。

聖女が食い止めたのは全体の一部にすぎなかったのだ。

最も人口の多い王都へ向かう本隊を壊滅させたため被害が大幅に抑えられたのは間違いない。だが、この村を含む複数の農村や集落が被害を受けていた。

森から溢れてきたはぐれのスケルトンではない。明確な命令のもとに人間を殺す小規模な軍勢は、農村をいとも簡単に滅ぼしてみせた。無論、日ごろ肉体労働に励む偉丈夫たちは抵抗を見せたが、戦闘力の高いスケルトンソルジャーに魂ごと斬られた。

「レイニー様、生存者の救助が終了いたしました。どうなさいますか？　規模の大きい街を経由するとなると、少々遠回りになりますが」

ギフテッド皇国は『不死の森』を挟んで王国の反対側に位置する。森を越え、いくつかの小国を越えた先にあるのだ。だが森が魔王の支配化になってからは迂回する必要がある。

既に森付近の街道を進んでいるから、王国の街に寄っていては遠回りだ。

「構いません。必ず送り届けましょう」

「かしこまりました」

それにしても、とレイニーは目を閉じた。

魔物の侵攻が想定よりかなり早い。聖女が死亡してからまだ十日も経っていない。『不死の森』はアンデッド系の魔物が数多く生息し『不死の魔王』ファンゲイルと名乗る魔王がいることはわかっていたが、結界の消失を確認してすぐに攻めてくるとは思わなかった。

(わたくしが来たのは聖女様が就任されてからなのですよね……かの魔王がそこまでこの国に執着を見せているとは)

まるで日頃から攻撃の機会を窺っていたかのような迅速さだ。レイニーは危険に敏いつもりであったし、現に侵攻を予期して即座に撤退を決定した。しかし、それでも遅かったのだ。

「我々全員で事に当たったとして……魔王を撃退することは可能でしょうか？」

唇に手を当て、妖艶に首を傾げた。

傍らに控える神官の男性は、とんでもないとばかりに身を震わせた。

「ご冗談を。国一つ結界で覆っても顔色ひとつ変えない聖女様が特別だったのです。レイニー様なら魔王と戦えるやもしれませんが、その前に魔力が尽きるでしょう」

「ふふ、わたくしでも不可能ですよ。魔王を相手取るならば、本国の聖騎士団を呼ぶしかありませんね。もっとも、教皇猊下がお許しにならないでしょうが」

世界におよそ十余り君臨すると言われている、魔王という魔物を産む魔物。

討伐されたという記録はほとんどないが、その数少ない討伐例の一つが聖騎士団による成果である。

他には『勇者』という特別なギフトを持つ者が倒したという記録があるくらいで、人間にとって魔王とはそれだけ強大な存在なのだ。

いかに対アンデッドに長けた神官たちに破壊力のある枢機卿がいようとも、敗北は必至である。

「では、予定通り皇国への帰還を目指すということでよろしいでしょうか」

「そうですね……」

「何か懸念が？」

「いえ……」

レイニーは喉の奥に引っかかるものを感じていた。

それは本来、思いついた瞬間に一蹴するような可能性だ。

『聖女が蘇ったかもしれない』などと……。

しかし、道中で聖魔力の残滓を何度も確認したことは確かだ。スケルトンはホーリーレイによって眉間を撃ち抜かれ、倒されていた。

そして、ゴーストから助けた男性の証言も気になる。彼はゴーストに助けられたと言っていた。神官たちは恐怖で見間違えたのだろうと気にも留めなかったが、最初に発見した見習い神官も似たようなことを言っていた。

（それに、あのゴーストはどことなく聖女様の面影があった）

底抜けに明るくて、屈託なく笑っていた彼女の姿が脳裏に浮かぶ。

あり得ない発想だ。ギフテッド教の教義にも反するし、合理的に考えてもおかしい。

でも、少しでも可能性があるなら。枢機卿としてではなく一人の女性として、そう思わずにいられなかった。

心残りがあっては今後の行動に支障が出る。ならば、確かめればいいのだ。

「わたくしは少し確認しなければならないことができました」

「え？」

「皆さんはこのまま移動し、道中のアンデッドを浄化しながら皇国に向かってください」

「はあ、レイニー様はどうなさるので？」

「後から向かいます」

聡明で冷静沈着、しかし一度決めたら行動は早い。

少しでも可能性があるなら、彼女は躊躇わなかった。

「護衛は？」

「必要ありません。わたくしは枢機卿ですよ」

心配する神官たちをよそに、一人分の旅支度を整えていく。

無論王国と心中する気などない。危険が迫れば自らの命を優先するつもりでいる。だが同時に、己一人くらいなら容易に守り抜くくらいの自信はあった。

（ついでに滅亡間近の王子の顔でも拝んできますか）

聖女にとって最も有力な味方が、王都に戻ることを決定した。


（私、復活!!）

悩んでても仕方ないよね！

一晩で無事復活しました。生前も、寝たら嫌なこと全部忘れて気持ちよく起きれるタイプだったもん。

朝ごはんとして、その辺にいるスケルトンを美味しくいただく。

昨日よりも街道の魔物増えてるね。兵士や冒険者が常駐している大きな街ならともかく、農村とかだと被害が出ていてもおかしくない。それに、街道が通れなかったら行商ができなくて物資が不足する。

そろそろ王都でも事態に気が付いたころかもかな？

カールは報告してくれると思うし、あちこちから魔物が増えている報告は上がっているはず。あの王子には全く期待してないけど、宰相や騎士団長はまともな人だったような気がする！

（さて、行動開始！　そういえば、次の進化条件はどうなってるんだろ。神託）

まだ素材が足りていない可能性も高いと思ってたけど、意外にも天使様の声が進化条件を教えてくれた。

『進化系譜
進化先候補
デスレイス（D＋）　進化条件：レベル40　必要条件：敵意
ファントム（C）　進化条件：レベル40　必要条件：未練』

（おおお！）

明らかに人類の敵コースのデスレイスは置いておいて、ファントムは結構いいんじゃない？

はいはい！　未練あります！　あんまりなかったけどアレンと会って湧きだしました！

もう少しレベルを上げれば進化できそうだ。現在34だから、街道の安全確保をしながらレベルを上げよう。

今回は魂集めしないで良さそうだね。お腹空くから食べるけど。

（よし、私はファントムになるぞ！）

聞いたことも見たこともない魔物だ。きっと人型になれると信じて私は行動を再開した。

アレンたちとともにエアアーマー率いる約百体の魔物を倒してから三日が過ぎた。

私は街道を移動しながら魔物を倒し安全を確保する生活を送っていた。まだ結界を常時展開するような魔力はないので、しらみつぶしに回るしかない。

（なんか、魔物全然出て来なくなっちゃったな）

それ自体はなんら悪いことではないし、街道を利用する人たちにとっては喜ばしいことだ。不満があるとすればレベルが37で止まり、進化まであと一歩のところでお預けを喰らっていることくらいだ。

これを冒険者や私の努力の成果だ、と安直に考えることもできる。魔物の増加を察知した冒険者が『不死の森』周辺を巡回しているところ度々見かけたし、何度も攻撃されかけた。すぐ逃げた。

でもそれにしたって、スケルトンの一匹すら見かけないのはおかしい。結界がなければ勝手にふらふらと出てくる魔物なのに、今の街道は安全そのものだ。王都から離れた場所も回ってみる？

（森の中に戻ればいるんだろうけど、なんで外にはいないのかな）

嵐の前の静けさ、なのかもしれない。

本格的な侵攻の前に戦力を集中させているのだとしたら、次はより肥大化した大軍が攻めてくることになる。

（うぅ、その前に進化したいのに）

昼間は冒険者と遭遇することが多くなったので、今は夜を中心に徘徊している。もうすぐ陽が昇るけど、今日は一体も魔物がいなかった。まるで結界があったころのように、『不死の森』から少しも魔物が出てこない。

（うん、とりあえず安全になったと喜ぼう！　ファンゲイルは私に怯えて逃げたんだね！　きっと）

絶対にそんなわけはないけれど、とりあえずそう思うことにする。

だんだんと昇ってくる太陽に背を向けて、孤児院のある街に向かう。

ほとぼりが冷めるのを見計らい、昨日孤児院に戻ってみたのだ。アレンはまったく変わらない様子で私を迎えてくれた。今日もひと段落ついたら屋根裏部屋で落ち合う約束だ。

(それにしても、神官のみんなが皇国に帰っちゃうなんてなー)

たしかに私を勝手に処刑したのは王国の落ち度で、彼らの選択は正しいんだけど……。アンデッドに対する切り札になりえる神官たちがいないのはかなりの痛手だ。でも、子供たちを連れて行ってくれたのは助かるね。王国はもう安全ではないから。

(今日こそ喋れるようになって戻る！　って意気込んでいたのに、私はまだレイスです)

い、いいもん。真っ黒だから陰に隠れやすいんだよ！

朝方は人の往来もほぼないものの、一応警戒しながら建物の陰を渡り歩き、孤児院に入る。アレンはまだ寝てるっぽいね。寝顔をじっと見るのも失礼だから、屋根裏で待たせてもらおう。

しばらくして気温が上がり始めたころ、起きてきたアレンが顔を出した。

「セレナ、戻ってきてくれたんだね」

やっほー、と手を振って応える。アレンはほっとした様子で手を振り返した。

「またカールと話してきたよ。セレナの生まれ変わりだってことは信じてもらえないけど、あのレイスが味方として動いていたことはわかってもらえたと思う」

アレンは私への疑念を払拭するために、ずっと動いてくれているのだ。

私のほうはすぐに諦めてファイアーボールを撃っちゃったけど、アレンはさすがだね。彼が疑われないように、なんて小細工はいらなかったみたい。

「冒険者とは情報の共有も終わって、かなり協力的だ。僕らが言わずとも、魔物が増加したことはわかってたみたい。でも、騎士団の反応は芳しくないな。なんでも、貴族の護衛で忙しいらしくて。噂だと、あの枢機卿の……レイニーさん？　が言い残したことで王子の奴が慌てて騎士団を招集したみたいなんだ」

『ケラケラ』のスキルで作る笑い声を駆使して、相槌を打ちながら話を聞く。

アレンとカールは本当に頼りになる。私一人でどうにかしようと藻掻いていた時より、かなり効率よく対策が講じられているね。

「魔王がいつ攻めてくるかはわからないまんまなんだよな？」

うんうん、と大げさに首を縦に振る。

「そっか。いつ来てもいいように、準備を急がないとな」

魔物を絶対悪とし、アンデッドに有利な神官たちがこぞって逃げ出すような相手だ。兵士や冒険者が束になっても、おそらく敵わない。

アレンにもそれは伝えてあるけど、だからといって逃げる理由にはならないみたい。私も最後まで戦うつもりだから、似た者同士だね。

人間だけじゃ無理でも、死してなお『聖女』のギフトを有する私ならなんとかできるはず。

その後もアレンの報告を聞いて、それが一通り終わると他愛ない話をした。

小さい頃はおしゃべりな私の話を、アレンがじっと聞いてくれていたっけ。今はアレンが一方的に話すのを、私が黙って聞いている。彼は話すのが得意なタイプではないから、あまり話が続かない。でもまるで沈黙になるのを恐れているように、話すのをやめたら私がいなくなってしまうとでも思っているのか矢継ぎ早に話題を繰り出していく。それがなんだかとっても辛そうで、痛々しい。

私が手の平に聖魔力を集め、アレンの頭を撫でた。

こんな状況だからあまり楽しい雰囲気にはならないけど、彼といられる時間はとても心地よかった。

昼前までこうして話していた。そして、アレンが買い出しのために外に出ようとした時、孤児院の中にどたどたと足音が響いた。

「アレン！　いるか！」

カールの声だ。

「どうしたんだ？」

「ああ、アレン。今すぐ出る準備をしてほしい。まだ確定情報じゃないけど――街道に大量の魔物が現れた」

カールが持ってきた知らせを聞いて、アレンはすぐさま動き出した。

戦力として、アレンはそれほど大きくない。口さがない言い方をすれば、いてもいなくても変わらない。ギフトもなければ実戦経験もほとんどないため、兵士よりも数段劣る。だが、私とコミュニケーションを取れるのは現状アレンだけだ。半信半疑かもしれないけど、ある程度信じてくれているらしい。

「セレナ、行ってくる。カールが戦えるやつをありったけ集めてくれるだろうから、外で合流しよう」

「あはは！」

手を上げて了承、そして街道の方向を指さし、次に目の位置を示す。確認してくるね、というジェスチャーのつもりだけど、伝わったかな？

「頼む」

アレンはそう言って、カールとともに出ていった。

前回の侵攻から数日。予想より早いね。今回も様子見なのか、それとも本気で滅ぼす気で来ているのか。

だが王国だって、黙ってやられるわけではない。前回は悲しいことにいくつかの村が被害にあったらしく、人間側の警戒心もかなり高まっている。日和見の貴族たちは動いてくれないが、冒険者と兵士はすぐに出撃できるようにしてくれているのだ。

(私も頑張らないと！)

急ぎ足で街道に出て森のほうへ進む。

侵攻が始まるなら夜の間かと思っていたが、今は昼前。ファンゲイルの目的がわからないが人間にとっては好都合だ。

見晴らしのいい舗装された街道は、馬に乗った冒険者や兵士が慌ただしく駆け回っていた。険しい表情を見るに、魔物は本当に来ているみたいだね。

今は斥候によって魔物の種類や数の確認が行われている。迂闊に出ていって驚かせては申し訳ないので、街道からそれた雑木の中を移動することにした。自分の目でも見ておきたいので、魔物の姿を探す。

（全力で行くよ！）

といっても、移動するのに体力はいらない。空中を高速で飛び、障害物も無視して急いだ。

『不死の森』にほど近い場所まで移動すると、魔物の軍勢は探すまでもなく視界に入った。

（うわぁ、いっぱいいいる。前回の比じゃないね）

舗装された街道は、魔物にとっても歩きやすい。街道は足並み揃えて進軍する人型の魔物で埋め尽くされていた。スケルトンやゾンビがほとんどだ。左右に身体を揺らし、黙々と歩き続ける。気の弱い者なら見ただけで失神しそうな光景だ。

カラスやイノシシ、犬のスケルトンやゴーストの上位種と思われる灰色の魔物（私が選ばなかったサイレントゴーストかもしれない）は街道から外れた場所をバラバラに移動している。

（二百……三百くらいいる？　もっとかも）

いったいどれほどの数がひしめいているのか。

見ただけでは判断できないくらい、次々と魔物が溢れ出してくる。広い森とはいえ、どこにこれだけの魔物が潜んでいたのだろうか。あるいは、ファンゲイルがその気になれば魔物などいくらでも作り出せるのかもしれない。

しかし、やはりエアアーマーは少ない。スケルトンなどの雑兵はいくらでも増やせるけど、高位の魔物はそうもいかないみたいだね。

それでも見えるだけで十体以上はいるから、本気度が窺える。他にもDランクと思しき魔物が複数体いる。

何より、先頭を駆ける二体の魔物。

「ふはは、人間程度、斧の一振りで殲滅してくれるわ！」

「今回ばかりは同意しよう。ファンゲイル様のお手を煩わせるわけにはいかぬからな。我らだけで方を付けようぞ。何、人間など恐れるに足らん。」

「幹部のいないうちに功績をあげ、幹部に取り立ててもらうのじゃ！」

成人男性の背丈よりも大きな斧を肩に担ぐ、牛の頭を持つ大男——ゴズ。

馬の頭に知性を滾らせ、指先で器用に槍を回す大男——メズ。

（やばい、かも）

私が今まで見た中でトップクラスの実力者が、ついに姿を現していた。

ファンゲイルに付き従う二体の魔物。人語を操るBランクの魔物で、私の聖結界を一瞬で破壊した実力者でもある。

同時に、今回の侵攻が日のある時間に行われた理由がわかった。

彼らはアンデッド系ではない。ファンゲイル曰く半人半獣で具体的な種族はわからないが、おそらく視界を物理的な目に頼っているタイプだ。人間に近い姿をしているため、夜の戦闘は不向きなんだと思う。

だがそれは人間も同じ。わざわざゴズとメズが指揮をしているということは、昼間でも勝つだけの算段があるに違いない。私が人間側についていることも既にバレているし、なかなか厳しい戦いになりそうだ。

（正直、今でも勝てる気がしない）

思えば、ヒトダマになってから三回も遭遇している。一回目は、ヒトダマのヌシを倒してオニビになったすぐ後、ヒトダマの回収に来た二人を隠れながら盗み見た時。二回目はゴーストになって浮かれていた時、森の中で。そして三回目は、追いかけた先にあったファンゲイルの砦に侵入した時。

その中で、彼らと戦ったのは一度だけだ。いや、戦いなんて呼べるものではなく、彼らの攻撃から必死に逃げた時だ。

牛頭のゴズは闇魔力を纏わせた斧で、馬頭のメズは槍を用いて同じく闇魔力で、私を狙った。その時、咄嗟に張った聖結界はメズの槍でいとも簡単に貫かれた。

（あの頃よりは強くなっているけど、アンデッドじゃないから聖属性の効き目は高くないし……）

かといってポルターガイストで出力が足りるかどうか。

エアアーマーには有効だったし、重たい岩でも持ち上げることができたから、有効だと思いたい。

仮にダメでも、諦めないけどね。

（街の人の避難はまだ終わってないんだ。街に入られるわけにはいかない）

ファンゲイルの目的はおそらく王都だ。

軍勢は相変わらず、『不死の森』から王都へまっすぐ向かっている。経路上に私たちの街があるのは不運でしかない。王都に危機が迫れば騎士団も重い腰を上げるだろうに、街の防衛には参加する気はないらしい。

孤児院のある街は王都のように外壁に囲まれているわけではなく、堀もない。簡素な塀など、取りつかれたら簡単に破壊されてしまうだろう。なんとしても手前で止める必要がある。

(今回は兵士も多いし、冒険者だってたくさん協力してくれるもん！　ぜったい勝てる！)

まずはアレンたちと合流しよう。

あの数の敵に一人で挑むような真似はしない。敵情視察を終え、ゴズメズに気取られないよう注意してその場から離れる。二体はアンデッドに歩調を合わせているのか、多少先行しているものの速度は遅い。この分なら、少し離れた場所に兵を展開する余裕はあるだろう。

雑木の中を通って来た道を引き返そうとした、その時。

「あった！　薬草だ！」

無邪気な声が耳に入って来た。

「これでママを助けられる！　早く持って帰らないと」

前回の侵攻により、付近の村や街には街道に出ないように、と通達が行っていたはずだ。

そうでなくとも、街道から外れた雑木林。それも不死の森に近いこの場所は、慣れた大人でも入ることはない。冒険者以外、用事がないからだ。

だが、そこにいたのは一人の男の子だった。

年齢はおそらく十に満たないくらい。赤毛がキュートで目がぱっちりとしている。

どう見ても冒険者ではない。戦う力を持たない、子どもだ。

(どうしてこんなところに子どもが!?)

ファンゲイルの軍勢が、すぐそこまで来ているのだ。

早く、街まで逃がさないと！　何よりも、その考えがすぐに浮かんだ。

「あははは！」

なるべく笑顔を作って両手を上げながら近づく。

ここは危ないよ、一緒に逃げよう。

少年は泥だらけの手で草を一束握って、ぽかんと私を見つめた。

(怖がらないで、私は優しいおばけだよー)

安心させるように、手を振って身体を左右に揺らす。

でも、私の姿は黒マントの霊体だ。大人でも即座に戦闘態勢に入る魔物が、子どもにとって怖くないはずがない。

少年の目に涙がにじみ、薬草を落として数歩下がった。踵が根っこに引っかかり、尻餅をついてしまう。

「ま、ママぁああ！　やだ、やだよ！　来ないで！」

助けるどころか、盛大に怖がられてしまった。

近くの村の子どもだろうか。先ほどの発言から、怪我か病気のお母さんを助けるために薬草を取りに来たのだろう。とっても良い子で努力は認めるけど、タイミングと場所が悪いよ……。

(えっと、えっと、どうしよう)

子どもの対処はアレンのほうが上手いんだよね。どっちかといえば、私はお世話される側だったから。

とりあえず街道まで連れて行けば兵士の人に預けられる。

「こっち来ないで！」

腰が抜けて立てないのか、這うように私から離れていく。

どうしよう、連れて行くどころじゃない！

「ふむ、この辺から声が聞こえた気がするのじゃが」

背後から声が聞こえた。

（最悪の状況だ……）

これが子どもの声を聞いて様子を見に来た兵士だったらどれほど良かったか。

後ろから姿を現したのは、斧を肩に担いだゴズだった。

（やばい！）

私は咄嗟に少年を背に隠す。座り込んだ子どもくらいなら私の身体でも隠せるし、半透明とはいえ透けて見えるほどじゃない。今のうちに逃げて！

「ひっぐ」

横目で盗み見ると、少年は息を飲んで固まっていた。もはや叫び声も上げられないくらい、恐怖に支配されている。当然だ。見上げるほどの体躯を持つ牛頭の魔物は、大人でも足がすくむほど迫力がある。なんとか気を保っているだけでも褒めてあげたい。

「あ？　なんじゃ、レイスか。早く隊列に戻るのじゃ」

「あ、あはは……」

幸い、子どもには気が付いていない。それに、私が例のゴーストであることも察していないみたいだ。

「レイスなんていたかの……？　まあいいわい」

ゴズはそう言って、興味を失ったのか目線を逸らした。これがメズだったらもっと追及されていたかもしれない。今まで聞いた会話だと、メズは用心深い性格のようだから。

とはいえ、このままゴズが離れてくれるに越したことはない。子どもを守りながら戦うのは難しい。早く逃がさないと。

(ほら、危ないからお姉さんと街道に戻ろう？)

伝わらないと思うけど、そう必死に念じる。

一歩、また一歩とゴズが遠ざかっていく。大丈夫、このままいなくなってくれれば、少年を助けられる。

「カタカタ」

悪いことというのは重なるもので、今度は背後からスケルトンが現れた。ゴズがちらっとこちらを見た気がする。

スケルトンは同じアンデッドである私は無視して、少年に眼孔の空洞を向けた。完全に腰を抜かしている少年は動けない。

スケルトンは少年に狙いを定め、近づいてくる。動きは遅いが、少年には逃げる気力は残っていない。

「や、やだ。ママ……」

（ソウルドレイン！）

今の私ならホーリーレイなしでもただのスケルトンくらい倒せる。

少し手こずったけど、魂を吸い出すスキルで骨から魂を無理やり引きはがした。魂がなくなった瞬間、骨はばらばらになって地面に転がった。カタカタ、と骨同士がぶつかる音が静かな森に響いた。

「ほう」

恐る恐る振り向くと、ゴズが鼻を大きく開いて口角を上げていた。

「ファンゲイル様がおっしゃっていたのは貴様のことか。子どもを庇い同族を殺すとは、あの日の結界といい、特殊な個体のようじゃな」

「怖い、怖いよ……」

うわ言のように繰り返すだけの少年を責めることはできまい。こんな状況、冷静でいろと言うほうが無理ある。

こうなったら形振り構ってられない。

（聖結界、ポルターガイスト）

私とゴズの間に素早く物理に強くした聖結界を展開し、ポルターガイストの魔力で少年を包み込んだ。

エアアーマーの兜を強引に外せるくらいの力が出るスキルだが、あれは胴体と兜を別々に掴んで引っ張ることで疑似的に攻撃しているのだ。本来は物を固定したり掴むためのスキルなので、握りつぶすような使い方はできない。だから、脆弱な子どもとはいえ宙に浮かせても壊さず掴んで移動させるくらいはできる。

「えっ?」

(ちょっとじっとしててね)

スキルの精度を上げるために抱きかかえるようにして、少年を浮かせる。転んでけがをしているかもしれないから、軽い回復魔法もセットだ。どうか安心してほしい。

「逃げるか! なら——ダークスイング」

「あははは!」

そりゃ逃げるよ!

ゴズは大きく一歩踏み込むと、闇魔力を纏った斧を豪快に振りぬいた。凄まじい威力だ。勢いのまま木を数本なぎ倒し、私の結界を破壊した。エアアーマーといいメズといい、私の得意魔法である結界をいとも簡単に壊してくるから自信がなくなるね。

「不快な笑い声じゃな。ファンゲイル様より、貴様を見つけたら全力で攻撃するよう仰せつかっている。それに、景気づけに子どもの肉が食べたかったところじゃ」

なんとか間合いから逃れた私は少年を抱え、バキバキと木が倒れる音から逃げる。

大斧が横薙ぎに振るわれるたび木を切り株に変えるが、ゴズの勢いはとまらない。なんという体力と腕力なのだろうか。

それにしても、ファンゲイルが私を殺す気ならなんでこの前やらなかったんだろう。ゴズに倒されるようなら仲間には必要ないっていう判断なのかな。

子どもの肉、というワードに、少年の顔が一層恐怖に歪んだ。私をちらちら見てるけど、食べるために運んでいるわけじゃないよ！

（ホーリーレイ！）

「ふんッ」

木の裏側に逃げ込みながら放った光線は、盾のように構えた斧の側面に弾かれた。次の瞬間には、背後の木が粉砕された。

少年を抱えているからすり抜けて進むことができず、木を避けて蛇行しているため付かず離れずの距離を保たれている。反対に、ゴズは木があっても構わず、力任せに破壊しながら直進してくる。

（もうどっちが街道かもわからないよ……）

方向を気にして逃げる余裕なんてなかった。

少年はすっかり怯えた顔で、ぎゅっと目を瞑っている。それでも手には、いつの間にか拾い直した薬草がしっかり握られている。ママ思いのいい子だね。

「なかなか逃げ足が速いようじゃが、わしには勝てぬぞ。――牛鬼斬ッ！」

大斧の存在感が増した。先ほどまでとは桁違いに多い魔力が斧に込められているのがわかる。

それだけじゃない。ダークスイングでは陽炎のように揺らめく闇魔力を纏っているだけだった。言わば私が兵士の剣に聖属性を付与したのと同じ感じだ。

しかし、今の人斧は刃が二倍、いや三倍ほど大きくなっている。魔力が実体を持ち、斧を拡張するように光の刃を伸ばしているのだ。

本能的に悟る――あれを受ければ死ぬ。

（聖結界……ありったけ！　物理も魔法もどっちも防げるやつ!!　そして破邪結界！）

全力で防御態勢を取る。

ゴズは好戦的に目を細めて、間合いを詰めた。

少年を抱えていてスピードの落ちた私では、拡大された斧を避けられない。

闇魔力によって拡大された刃は、周囲の木を容易く切り裂きながら結界と衝突した。

その威力はエアアーマーの『虚無斬り』以上だ。

聖女の持つ結界の中で、強度という点ではもっとも強い破邪結界。聖属性でありながら物理的な破壊力も持つそれは、ゴズの『牛鬼斬』となんとか拮抗した。

（重たいっ！）

ゴズのほうを向き、結界に魔力を送り続ける。反属性魔力が思い切り衝突したことにより、空気を切り裂く轟音と雷のような光が結界と斧の間に生じた。少年が両手で耳を塞ぐ。

「ふがぁあああ！」

さながら剣士の鍔競り合いのように、膠着状態が生まれた。その間も破邪結界は斧を破壊しようと食らいつき、闇の刃は私と少年の首に伸びていく。

　聖結界が一枚のガラス板だとすれば、破邪結界は圧縮された空気だ。高密度の魔力が渦巻くように絶えず移動し、斧の勢いを殺していく。

(破邪結界だけじゃなくて、聖結界も張ってよかった)

　破邪結界だけでは押し切られていた可能性がある。

　また相手が斧という攻撃範囲が広い武器であることも幸いした。一点突破の槍のような武器の場合、食い止められたか怪しい。

　それでもパリン、パリンと聖結界が一枚ずつ割れていく。

(でももう、無理!)

　じりじりと押され始めた。

　私はポルターガイストで包んでいる少年を斧の射程外に一息で飛ばし、大木の前に座らせる。そして、私自身も回避する準備をする。

(結界を解除すれば、このままの軌道で斧が振りぬかれるはず!)

　結界の突破は時間の問題だ。

　感覚的にはかなり長かったけれど、拮抗していた時間は実際十秒か二十秒くらいだと思う。両手を前に突き出して結界を維持していたけど、もう限界だ。

　私は押し切られる前に結界を全て解除した。それと同時に、上空へ跳びあがった。空を飛ぶのはレイスになってもできないけど、ゴズの頭上を跳び越すくらいならわけない。

「ぬうぉっ!?」

唐突に破邪結界が消えたことで、ゴズは勢い余って前につんのめった。斧を手放すような下手はうたなかったが、遠心力に振り回されて余分に一回転する。

だが、足腰が相当強いのか、右足を一歩踏み出すことですぐに体勢を立て直した。

(ポルターガイスト！)

ゴズが斧を下ろし動きを停止した瞬間を見逃すわけがない。ゴズの頭上から、今度は全力の闇魔力を叩きつける。

(これが死霊聖女の戦い方だよ！)

聖女の魔法で守り、魔物のスキルで攻撃する。

『聖女』のギフトを持ち魔物として蘇った私にしかできない戦い方だ。

「こざかしい！　この程度の魔力、跳ね返してくれるわ！」

物を掴む力を、下方向にかけ続ける。魔力がさながら落石のように、ゴズを上から押さえつける。

ゴズは膝を軽く曲げることで対抗してきた。

(斧を奪えれば！)

ポルターガイストで斧を掴む。ゴズが身動きを取れない今なら強奪できるかもしれない。

ゴズは両手でしっかりと斧を握り、離さない。エアアーマーの兜ですら引きはがしてみせたポルターガイストでも、彼の膂力には敵わなかった。

「舐めるな！」

ゴズは全身から魔力を放出し、身に降りかかるポルターガイストを吹き飛ばした。

力任せに見えて、意外にも機転が利くらしい。魔力の操作も精密だ。

「たかがレイスにしてはやるようだが、所詮その程度！」

「あ、あはは……」（強い。これがBランクの魔物！）

これで幹部ですらないとは、ファンゲイル軍勢の層の厚さは人間の比ではなさそうだ。ゴズと戦える者が、人間にどれだけいるだろうか。

レイニーさんは『枢機卿』という『神官』や『聖女』などと同系統のギフトでありながら、直接戦闘に優れた魔法を持っていた。噂だと『教皇』に近いらしい。さらに、彼女は聖騎士団に勤めた経験もあると聞いたことがある。

私が知る中でゴズやメズと戦えるとしたら、彼女だけだ。

あとは、冒険者ギルドの上位陣がどれだけ強いか。実際に関わったことがほとんどないからわからないけど、数人いるかどうかだと思う。

「儂が斧を振り回すだけの能なしだと思ったか？　力だけでは高位にはなれぬぞ！」

（メズと比べたら大分おバカだと思います！）

「貴様があの人間を守りながら戦っていることはわかった。ならば、こうするまでじゃ」

嫌な予感がした。

ポルターガイストを自力で解き、自由の身になったゴズは私に斧を振り上げたかに見えた。

だが、次の瞬間には身を翻し、口角を耳に届きそうなくらい吊り上げた。彼が向いた先は——薬草を抱きかかえて縮こまる少年だ。

「止めてみろ」

ゴズは斧を上段に構え、地面を蹴った。

彼の脚力にかかれば、少年を逃がした距離などたかが知れている。一足飛びで、瞬く間に接近した。

(だめ！　間に合わない。聖結界！)

彼の前になんとか聖結界を張るも、わずかな足止めにしかならない。

斧はなんのスキルも発動していない状態であるが、人間の子ども一人殺すのに、絶大な威力はいらない。斧本来の重量で叩き潰せば命はないのだ。

「残念じゃったな。魔物は非道なものじゃ」

斧は木漏れ日を反射して煌めき、少年に振り下ろされた。

それを止める手段は、私にはない。

「ママ――――」

少年のか細い声が、かすかに漏れる。

私は懸命に手を、ポルターガイストを、結界を伸ばす。足りない。

「グレイプニル聖なる鎖」

少年の命を刈り取る巨大な刃は、髪一本を斬ったところで停止した。

「なぬっ⁉」

見ると、ゴズの腕には光り輝く鎖が巻き付いていた。斧にも同様だ。

穢れをしらぬ、純白の鎖だ。どこか懐かしい、柔らかい聖魔力で満ちている。それでいて、敵には容赦のない正義の魔力。

「大きく、分厚い刃は世界で一番嫌いなものです。敬愛するお方の命を奪ったものですから」

知っている声だ。

「下ろしなさい、魔物。私が相手になりましょう」


魔物襲撃の報せを受け、街中から兵士と冒険者が集まっていた。

その数は前回の比ではない。兵士約二百名、冒険者約百名の大所帯だった。騎士団こそ非協力的だったものの、アレンのもたらした情報によって迅速に招集することができたのだ。

この国でもっとも人口の多い王都……そこを守護する騎士団は多くがギフト持ちで、参戦していたらかなりの戦力になっていたのだが、言っても栓のないことだ。

魔物討伐のスペシャリストたる冒険者が百名も集まったのだから、喜ぶべきだろう。

「見えてきたな」

兵士の一団を率いるカールが、アンデッドの軍勢を遠目に見て呟いた。彼は前回の功績を理由に、先遣隊を担当することになった。最も危険な役割でもある。隊長の一人とはいえ若輩のため権力も弱く、疎ましく思う者も多いから命令に逆らうことができなかったのだ。

「アレン、セレナはどうしたのかな」

「それが、様子を見に行ったきり……ていうか、信じてくれてるのか？」

「本当だったらいいな、とは思っているよ。どっちにしても、あのレイスには助けられたみたいだからね。本当にセレナかはともかく、そう呼称することにするよ」

先遣隊にはアレンも参加していた。

アレンは先日まで剣を握ったことすらなかった男だ。得意なことといえば家事と子どもの世話くらい。愚直で不器用な、凡人だ。だが聖女を幼馴染に持ち、こうして王国と魔王の激突という大事件の中心に立つ、数奇な運命にある。

「まあ、やれるだけやるさ」

若く身体能力の高い者を中心に、約三十名の兵士がカールとともに最前線に立っていた。前回よりも多いが、敵はもっと多い。斥候による偵察でも全貌が明らかにできないほどだ。

本隊の準備が整うまでの時間稼ぎ。しかし多勢に無勢では、いったいどれだけの犠牲が出るか。

だが、兵士たちの士気は上々だった。彼らの記憶に新しい、先日の大勝。レイスが逃走した後、彼らは戦闘の高揚感そのままに勝鬨を上げ朝まで飲み明かした。

戦闘に参加した者は武勇伝を言って聞かせ、運悪く（あるいは運よく）参加しなかった者は次こそは自分が英雄になるのだと意気込んでいた。

その中でカールだけは変わらず難しい顔をしていた。

「にひひ、そんな固くなったって勝てないっすよ。カールくん」

「ニコラハム……そうだね。僕についてきてくれる皆のためにも、しゃきっとしないと」

「そういうところっすよ。相手は魔物なんすから、適当にやるくらいで丁度いいっす」

ニコラハムと呼ばれた空色の長髪を束ねた少年は、カールの横にあぐらをかいて座った。なんとも緊張感のない様子だが、口元は獰猛に歪められている。年若くあどけない顔立ちだが、纏う空気は歴戦のそれだ。

ふと振り向くと、彼の少し後ろには大勢の冒険者がいた。兵士すらも凌駕する人数に、カールは思わずたじろぐ。

「はぁ。さすが『破壊王』の胆力といったところかな。君がこのタイミングで街にいてくれてよかったよ」

『破壊王』というギフトを持つ、高位の冒険者だ。倒した魔物は数知れず、王国に住む者ならば一度は耳にしたことのある有名人だ。

細身な外見に騙されてはいけない。その気になれば拳一つで石壁すらも打ち崩す。系統の違いから単純に比較することはできないものの、『枢機卿』と同格とも言われるギフトだ。

「たまたまっすよ。にしても、兵士は準備が遅いっすねー。冒険者はこのとおり、いつでも戦える状態っす」

冒険者たちは適度に散開しながら、軽い調子で雑談に興じていた。その立ち姿に油断は一切なく、たとえ背後から不意打ちされても対応してみせるだろう。

烏合の衆ではあるが、それぞれが自分の責任と覚悟を持ってここに立っている。

一番名が通っているのは『破壊王』ニコラハムだが、指揮系統があるわけではない。だが、目的は一つだ。

「にひひ、魔物の相手は俺ら冒険者が専門っすからね。言っておくと、時間稼ぎなんてするつもりないっすよ」

「と言うと？」

「さっさと殲滅して手柄は全て冒険者ギルドのものってことっす」

人差し指をぴんと立てて、悪戯っぽく笑った。

彼とは仕事で数回関わっただけのカールであったが、この人懐っこい笑みですぐに仲良くなったことを思い出した。

「……それは、負けてられないね」

カールは震える手を、剣の柄を握りしめることで無理やり止めて苦笑した。

アレンもこくりと頷く。聖女セレナの意思を継ぐのは自分しかいないのだ。相手が恐ろしい魔物だろうと、止まっている場合ではない。

「んじゃ、軽く倒しますかー」

兵士、冒険者、魔物。ついに激突の時がやってきた。


「なんじゃこの鎖は……！」

「魔物の分際で、言葉を話すようですね。――縛り上げなさい」

細く白い指で糸を手繰るように宙をなぞったのは、純白の法衣を纏う女性。木々がなぎ倒され土埃の舞う森の中で唯一、穢れのない存在感を発する存在。

(レイニーさん!!)

先立って皇国へ向かったから、ここにはいないはずなのに。

「儂が動きを封じられただと?」

「神聖な気配を感じて来てみれば、随分と大柄な魔物がいたものです。とはいえ、私の鎖には手も足も出ないようですが」

こと戦闘能力においては『聖女』すらも超える『枢機卿』によって生み出された鎖が、ゴズを締め付ける。

ゴズは顔を真っ赤にして動こうと藻掻くが、巻き付いた白い鎖がそれを許さない。

グレイプニル聖なる鎖……レイニーさんの誇る強力な魔法だ。彼女の魔力で生み出されたそれは、実体を持って対象を縛り付けるのだ。聖属性を帯びており、レイニーさんによって自由自在に動く。

(今のうちに少年を助けないと! ポルターガイスト)

少年は膝を抱えて目を固く瞑っている。ポルターガイストで彼を掴み、直前で停止している斧に当たらないように、慎重に移動させる。

君は頑張ったよ。えらいえらい。そう意思を込めて、回復魔法をかけて上げる。私が雑に放ったせいでちょっと擦りむいているからね。

少年は、目をぱちくりさせて、私とレイニーさんを交互に見た。あんな目にあって気絶していないなんて、なかなか将来有望だね。

（あ……レイニーさんから見たら少年を攫ったように見えるかな？）

商人の男性を助けたあと、弁明の余地もなく攻撃されたことを思い出す。あの時はゴーストで、今はレイスという違いはあるけれど……むしろ今のほうが見た目も能力も凶悪だ。

レイニーさんと目が合う。

すっと細められた目は、何を意味しているのか。

「そこの――ん？」

「ふん、がぁあああ！」

レイニーさんが私に何か言おうとした瞬間、ゴズが力任せに鎖を引きちぎった。

レイニーさんの鎖が壊れるところを見たのは初めてだ。強度もさることながら、魔物の力を奪う効果もあるはずなのに。

「この程度で儂を押さえられると思ったか！」

大破した鎖を払いのけたゴズが、斧を構えて吠えた。

「動きを停止することを優先しすぎましたか。それでも、解くまでに数十秒はかかったようですが」

「やかましい！　二度と喰らわぬわ！」

誰が聞いてもやかましいのはゴズだと思う。

レイニーさんは極めて冷静にゴズを見据えている。

再び聖なる鎖を放とうと魔力を形成した瞬間、ゴズが地面を蹴った。

「ダークスイング」

（聖結界！）

私はすかさずレイニーさんの前に躍り出て、結界を展開した。レイニーさんは聖女ほど防御が得意ではない。私が守らなくても自分の身くらいは守ったと思うけど、代わりに結界を張ることに意味はある。

この隙に、レイニーさんが攻撃をできるからだ。

「ホーリーレイ」

レイニーさんは結界を張るために指先に集めた魔力を即座に攻撃へ転じた。

それは聖職者系のギフトであれば一般的な、聖属性の攻撃魔法だ。私も使えるし、なんなら見習い神官でも使える。

しかし、使い手によってその威力は大きく異なる。

レイニーさんの卓越した魔力操作によって生み出された高密度の光線は、私の横を過ぎ去りゴズを貫いた。

「ぐはっ」

面積の広い斧が正中線にあったため致命傷にはならなかったが、左肩に命中した。ホーリーレイが貫いた場所は指先ほどの穴が開いていて、傷口は焦げ煙が上がっている。

「き、貴様よくも！」

ゴズはバックステップで距離を取り、傷口を押さえた。

肩を貫いたとはいえ魔物の生命量は高く、Bランクの魔物ともなれば勝負が決するほどではないだろう。だが、確かなダメージを与えることができた。

「私が攻撃を担当しますので、防御とその子の護衛はお願いしますね」

レイニーさんが、生前の私に語りかけるような優しい声音で言った。

「子ども好きのレイスさん？」

「あはは！」（任せてよ！）

聖女とは呼んでくれない。でも、攻撃もされない！

教義に厳格なレイニーさんが魔物である私に笑いかけているなんて、神官の人たちが見たら腰を抜かすだろうなぁ。魔物と遭遇したと思ったら次の瞬間には攻撃しているような人だもん。

馬車で皇国へと向かったはずの彼女がなぜここにいるのか。

「あなたはあの時のゴーストなのでしょう？　聖属性を扱える魔物など、そういるはずがありませんから。商人の方に伺いました。スケルトンから救っていただいた、と」

（そっか、あの時は怯えてたし見習い神官ちゃんが杖を向けてきたけど、後から庇ってくれたんだ……）

ギフテッド教の神官に対して魔物を庇う発言をするとは、ありがたいけど少々問題なのではないだろうか。

「他にも、道中にホーリーレイで倒されたと思われるスケルトンが転がっていました。状況を把握するには十分な証拠です。魔力の残滓も残っていましたし、わたくしにとって、あなた……いえ、あの方の魔力は特別ですから」

レイニーさんは教義を重んじる反面、柔軟な思考の持ち主だ。皇国に行かず王国を守るという私の無茶な願いにも全力で応えてくれた。私が死んだ後は孤児院の子どもたちを引き取って皇国へ引き取ってくれた。

アレン同様、彼女ならきっとわかってくれるって思っていた。

まだ子どもだった私を一人前の聖女にしてくれた、師であり母だもん。

「ふん、人間が一人増えたところで、儂の敵ではないわ！」

「話は後ですね。まずはあの魔物を排除します」

「あはは！」

ついさっき返り討ちにあったのはもう忘れたのかな。

ちょっとの付き合いだけど、ゴズには思慮深さというものはないらしい。レイニーさんとは大違いだね！　私とも……いや、私も変わらないかもしれない。

「おばさん、助けてくれるの？」

「おば……？　ご、ごほん。そうですね。わたくしとそこのオバケさんが助けますよ。ですから、少しの間だけじっとしていてください」

一瞬険しくなった目をすぐに弛緩させて、少年に微笑みかけた。少年は薬草をきつく抱き寄せ、私の腕の中で丸くなった。

どうしよう、この状態だとスキルが使いづらいんだよね。さっきは結局放り出しちゃったし……背負ったほうがいいね。どの道触れることはできないんだけど、身体のイメージに沿ったほうが操作しやすいのだ。

（よし、攻撃はレイニーさんに任せて私は防御に集中しよう！）

結界と回復のスペシャリストである、聖女。

神の名のもとに正義を執行する、攻撃特化の枢機卿。

（行ける！　聖域）

魔物を弱体化させる空間を作り出す聖女の魔法を使い、ここら一帯を聖属性の魔力で満たした。

消費魔力が大きい分、その効果は絶大だ。

「む……」

ゴズが不快そうに顔を顰める。きっと身体から闇魔力が抜けていくような感覚があるはず。私も、聖域がある間は種族スキルが使いづらい。

反面、レイニーさんは軽やかに後ろ髪を払った。

「気持ちいいですね。ホーリーレイ」

空気に聖属性の魔力が充満している状況は、聖職者系のギフトを持つ者にとっては春の陽気に包まれているようなものだ。さらに、聖属性の魔法を使う時には空気中の魔力が作用して効果が大きくなる。

元は私の魔力だから自身の魔法には意味がない。だけど、もし仲間がいるなら。

「くっ、ダークスイング！」

ホーリーレイに対抗するため、闇魔力を纏った斧で身体を隠した。私のホーリーレイはたやすく弾かれたけど、使い手が違う。そして、聖域によってその威力はさらに跳ね上がっている。

「なぬ!?」

細い光線が、ゴズを大斧ごと貫いた。斧は欠け、破片が辺りに散らばる。

「かっはっ」

ゴズの口から掠れたうめき声が漏れた。腹に風穴を開けたホーリーレイは、そのまま後ろの大木すら貫通した。

私が全力で放ってもこうはならない。ホーリーレイに物理的な熱量を付加できるのは『枢機卿』たるレイニーさんだけだ。

「あら、威勢の割にすぐ終わりそうですね」

レイニーさんは優雅に微笑むと、見えない壁に絵を描くように右手の指を躍らせた。指先が線を一本引くたびに、ホーリーレイがゴズに飛んでいく。

「儂はファンゲイル様の配下一の武闘派、ゴズじゃぞ……！」

「そう。それは……案外魔王の配下も大したことないのですね。楽できそうです」

「舐めるなァ！」

ゴズは目をかっと開き、怒号を上げた。全身から闇魔力を放出し黒い煙のようなものが溢れてくる。

私のポルターガイストから逃れた技だ！　レイニーさんのホーリーレイも、無効化とまではいかないけど軽く傷を付ける程度に留まっている。

でも、あれだけ相当魔力を消費するはずだ。Bランクといえど魔力は有限。おそらく長くは持たない。

ゴズは大斧を振りかぶり、地面を蹴った。短期決戦のつもりだ。

「ほう……では出力を上げましょうか」

レイニーさんは細いホーリーレイの連射をやめ、二本指を揃えてゴズに向けた。魔力を一拍溜め、今までよりも太いホーリーレイを放った。

「牛鬼斬ッ！」

ゴズは上位のスキルを発動し、ホーリーレイによって欠けた斧を闇の刃が補う。ホーリーレイは弧を描く闇の刃に弾かれる。瞬く間に肉薄したゴズが斧を振り上げた。

「終わりじゃ！」

レイニーさんは目を閉じ、両手を胸の前で合わせた。

防御も回避もしない。ゴズが勝利を確信したように、にやりと口元を歪ませた。

(破邪結界……二重で)

防御は、私の役目だ！

ゴズの牛鬼斬は非常に強力で、完全に止めることはできない。二重の破邪結界があっても、もって十秒。

十秒でゴズを返り討ちにするのは不可能だ。私一人だけだったらね。

「民に救いを。魔に滅びを――ジャッチメントホーリー」

レイニーさんの前で十秒も隙を晒せば、待つのは破滅のみだ。

彼女の魔法は天から裁きの鉄槌を下す。轟音とともに雲を切り裂いて降りてきた光の柱が、ゴズの全身を包み込んだ。

「が、がぁあああ!!」

どさり、と斧が落ちた。

「身体が焼ける……なんじゃこの痛みは！」

膨大な光の放流の中で、黒い影だけがもがき苦しむように動いていた。

ジャッチメントホーリーに囚われた魔物は、二度と外に出ることは許されない。その存在が消滅するまで、神聖な魔力が身体を蝕み続けるのだ。

「終わりですね」

「ファ、ファンゲイル様ぁあああ！」

ゴズは最後に魔王の名を叫んで、息絶えた。どさり、と崩れかけた肉体が倒れた。

私と、私を信じてくれたレイニーさんの勝利だ。

(勝った!!)

ゴズとの遭遇は想定外だったけど、なんとか少年を守り切ることができた。

レイニーさんが来てくれなかったら絶対に勝てなかった。私の攻撃力では、ゴズの守りを突破することができないからだ。

聖域と破邪結界を解除して、レイニーさんに向き直る。ポルターガイストを操作して、背にいる少年をゆっくり降ろした。

「あはは！」（いぇーい）

右手を上げてハイタッチ。

レイニーさんは手を半分だけ上げて、すぐに降ろした。私から目線を外し、少年の前にしゃがみ込む。

「よく頑張りましたね。歩けますか？」

「う、うん……」

少年は涙と鼻水でぐちょぐちょの顔を袖で拭って、立ち上がった。その手には変わらず薬草が一束握られている。平民や農民がよく使う、風邪に効くという薬草だ。お母さんを助けるために自分で取りに来るなんて偉いね。

タイミングが悪くてゴズに襲われることになっちゃったけど、それでも手放さなかったのはすごい。きっと優しい青年に育ってくれるだろう。

「魔物はまだいるでしょうから、わたくしが安全なところまでお連れしますね」

そう言って、レイニーさんは少年の手を取った。私が連れて行こうと思ってたけど、彼女に任せれば安心だ。私ではついてきてくれるかわからないし、村に行ったら騒ぎになるに違いない。

少年がしっかりと握り返したのを確認して、レイニーさんが立ち上がり再度私を見た。

「さて、あなたについては……この子を助けたことに免じて、今は攻撃しません。どこへでもお行きなさい」

聖女の魔法を見たからといって、私が聖女セレナだと安易に認めるわけにはいかない。でも、とりあえずは見逃してくれるみたいだね。視線にも敵意はなく、どこか悲し気だ。

「ここに来るまでに、魔物の大群とそれを迎え撃つ者たちを見ました。予想よりも遥かに早いですが、魔王ファンゲイルの侵攻が再開されたと見て間違いないでしょう。しかしギフテッド皇国には、聖女様を害した王国を助ける気はありません」

（そうか、私が処刑されたことで王国との関係が悪化しちゃったんだね）

だって何も悪いことしてないのに、王子が勝手に処刑したんだもん。私は聖女として皇国に属しているから、王子にそんな権限はないのに。

王子は身内に権力を与えたかったんだろうね。あの子爵令嬢の家はお金もあるし、次期国王として地位を盤石にしたかったんだと思う。最初は私を直接取り込もうとしたけど、それが失敗したから別の聖女を擁立しようと……。

そのせいで今の事態を招いて、国王になるどころか国存続の危機に瀕している。

「いいですか？　魔王は強大です。今の牛頭の魔物とて、戦力のほんの一部でしかありません。皇国から本隊を呼ばねば対応できない事態なのです」

ゴズもメズも、幹部ですらないらしいからね。

皇国の聖騎士団が王国を助ける義理もないし、たとえ派遣されたとしても間に合わない。

「ですから、王国を守ろうとするのは無謀なのです。国内にいる程度の兵士や冒険者だけでは、本気で攻め落とそうとしてくる魔王を撃退するのは不可能。そもそもなぜ魔王がこの国に執着するのかは謎ですが、諦めて隣国にでも亡命したほうがよろしい」

独り言のように、あるいは言い訳するように事実を並べていく。

なんで私に言うんだろう。

「わかったなら、無駄なことをするのはおやめなさい。あなたはいつも自分を殺して……いえ、なんでもありません」

レイニーさんは少年の手を引いて、離れていく。私はそれを呆然と見送った。

私はなんと言われようと、アレンと共に王国を守る。この国には大切な人たちがたくさんいて、思い出もたくさんある大切な故郷なんだ。

「わたくしは手を引きます。正直に言えば、魔力がもう心許ないです。ここに来るまでにも相応に使いましたし、聖女様のように無限にあるわけではないのです」

(私だって無限じゃないよ！)

レイニーさんには立場がある。一人で行動しているところを見ると、私と会うために戻ってきてくれたのかもしれない。それでも長くギフテッド教から離れるわけにはいかない。引き止めるわけにはいかないんだ。

「道中の魔物はお任せを。それと、この子は間違いなく送り届けます」

名残惜しそうに、レイニーさんは踵を返した。

「あの、えっと、ありがとう！」

少年が晴れやかな笑顔で振り向いて、手を上げた。

この笑顔を守れただけで、頑張ってよかったと思う。

「あははは！」

次はアレンと合流して軍勢と戦わなきゃ！

ゴズに追われて派手に移動したから、ちょっと街道から離れちゃった。

私はレイニーさんたちと別れて、アレンのもとに急ぐ。あの少年、お母さんにちゃんと薬草渡せるといいな。

（って、人のことを気にしてる場合じゃないよね！）

聖域や破邪結界を惜しみなく使ったから、私の魔力も残り少ない。ゴズがかなりの強敵だったから仕方ないのだけど、軍勢と戦い抜く余力はない。

（早く進化しないと）

焦燥ばかりが募る。結局ゴズを倒したのはレイニーさんだったから、レベルが上がらなかったのだ。

レイスのままでは魔力が足りないし、メズを倒すことはできまい。

障害物をすり抜けながら雑木林を進み、街道に出た。視界が一気に開ける。

すっかり真上まで昇った太陽の光にすぐ目が慣れると、街道の様子が目に飛び込んできた。

（もう始まってる！）

戦いはまだ終わらない。

七章

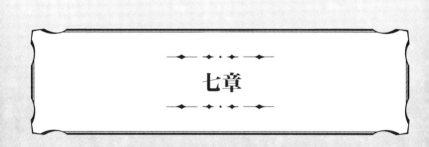

私が出た場所は、ちょうど両軍の間に位置していた。本格的な開戦はまだのようだけど、各所で小競り合いが行われている。

総数は人間のほうが圧倒的に少ない。それでも、動きが遅いというアンデッドの弱点をついて上手く立ち回っているようだった。見たところ、目立つケガ人はいない。

（アレンを探さなきゃ）

骨が擦れる音、金属が打ち付けられる音、兵士たちの怒声……様々な戦闘音が響く戦場をくぐり抜けながらアレンの姿を探す。

今回は冒険者が多いね。彼らは魔物退治のプロだから、アンデッドの対処も心得ているはず。ギフト持ちで魔法を使える人も多くいて、破竹の勢いでスケルトンを倒している。

（聖属性付与）

すれ違った兵士たちの剣を聖別していく。

冒険者は各自で魔力を扱えるみたいなので、いらないかな。スケルトンもゾンビも、ただの剣で倒そうとすると身体を破壊し尽くすしかないので、手間なうえに刃こぼれで剣が使い物にならなくなる。

魔力はまだ少しならある。これで兵士の生存率が上がるなら、惜しまず使うべきだろう。

（いた！）

アレンは混戦状態の最前線にいた。もう、なんで強くないのにそんな頑張っちゃうの。

隣にはカールと、薄手の革鎧を着た細身の男が並んでいた。今回カールは指揮官ではないから、代わりに危険な役目を担っているんだね。

「セレナ！」

アレンが先に気が付いてくれた。目の前のスケルトンを斬るというより無理やり押し飛ばすと、カールが首を跳ねた。

「良かった、無事で」

（そっちこそね）

目を細めて笑ったアレンに目立つ傷はなく、ひとまずほっとする。アレンとカールの剣に聖別をかけた。聖属性が付与された刃は、うっすら白く光った。

カールは私に一瞬だけ目を向けたけど、何も言わない。まだ半信半疑って感じかな。

「アレンくん、危ないっすよ。離れるっす！」

迫りくるスケルトンソルジャーを籠手で粉砕した男が、眉を顰めた。ていうか、何あれ？　ただ殴っただけなのに全身の骨が粉々になってるんだけど、どんなギフト？

風貌から、たぶん冒険者だよね。空色の髪を束ねていて、まだ若い。たぶん、アレンと同じくらい。なのに、抜き身の刃のような鋭い空気を纏っている。握られた両拳のガントレットは、荒々しい魔力を纏っていた。

「ニコラハム、大丈夫だ！　こいつは味方なんだよ」

「味方っすか……？」

ニコラハムと呼ばれた冒険者は、胡乱な目で私を見た。

まあ、信じられないよね。見た目は完全にただのレイスだもん。

「ならいいっす」

「え？」

存外にあっさりと了承したニコラハムに、アレンが目を丸くする。私も同じ気持ちだ。

そんな反応をされたのは初めてのことで、さらなる説得の言葉を用意していたであろうアレンが言葉に詰まる。

「魔物にも色々いるっすからね。アレンくんが言うなら信じるっすよ」

それは、冒険者として魔物と多く関わってきたからこその言葉なのだろうか。

確かに、私も魔物になってわかった。魔物にも知性がある者もたくさんいて、暴れたり人間を襲ったりするだけじゃないんだ。今はファンゲイルの命令で攻めてきているけど、スケルトンソルジャーたちは砦の中で人間のように暮らしていた。

「あ、ああ。助かる」

ニコラハムは拳を合わせて魔力を滾らせると、アンデッドとの戦いに戻っていった。

彼の戦いは凄まじい。軍勢の多くは前回もいたスケルトン系統やゾンビで、耐久性が高い魔物ばかりだ。それを、彼は単独で次々と撃破していく。

「崩山拳」

ゾンビが五体ほど密集する場所に、ニコラハムが滑り込むように躍り出た。左拳に獣を思わせる獰猛な魔力を纏い、先頭の一体に叩きつけた。命中したゾンビは炸裂してはじけ飛び、背後にいたゾンビも衝撃波で吹き飛ぶ。

「にひひ」

腐った血肉が飛び散って身体が汚れるのも厭わず、楽しそうに笑った。

「余裕っすね」

(冒険者強くない?)

これは、頼もしい味方がいるみたいだね。

私も頑張ろう。

「あいつは有名な冒険者らしい。『破壊王』ってギフトを持ってるらしいぞ……すごいよな」

アレンが小声で教えてくれる。

名前からして強そうなギフトだ。私は聖職者系以外のギフトには明るくないけど、見るからに直接戦闘向けだよね。

ニコラハムは武器も持たずスケルトンを爆散させていく。恐ろしい戦闘能力だ。殲滅速度だけで言えば、レイニーさんにも引けを取らない。

「俺たちも戦おう」

アレンが意気込んで聖別された剣を両手で握る。

私は遠距離攻撃を得意とするメイジスケルトンやスケルトンアーチャーを中心に、ホーリーレイで倒していく。

戦況は人間側が優勢だけど、それはまだ低位の魔物しか相手していないからだ。スケルトンソルジャーやゾンビくらいなら、前回の兵士でも相手できたのだ。問題はこれから。

私と同じランクD。そこから戦闘力が跳ね上がる。

「エアアーマーだ！　気を付けろ！」

どこからか声が上がり、兵士たちに緊張感が走った。

スケルトンたちを押しのけて、奥からエアアーマーが大剣をぐるぐると振り回しながら進み出てきたのだ。突然の出来事に反応の遅れた兵士が一人、対峙していたスケルトンごと切り裂かれた。

「この野郎ッ」

カールが鬼気迫る表情でエアアーマーに切りかかった。

彼はギフトこそ持たないものの、類まれな剣の才能を持ち孤児から隊長にまでなった人だ。ギフトがないからスキルも魔力も使えないけど、剣術だけなら兵士の中でもトップクラスである。聖属性が付与された長剣を握れば、そこらの魔物なら一太刀で沈む。

「くッ！」

だが、相手が悪かった。エアアーマーは物理的な戦闘に特化したDランクの魔物だ。

身の丈以上の大剣と動きづらそうな全身鎧に似つかわしい素早い反応で、カールと剣を受け止めた。

カールは半歩下がって横薙ぎに振るうが、最小限の動きで全てはじき返される。それから数合、常人離れした剣戟が繰り広げた。

（ヒー……）

エアアーマーに斬られた兵士に回復魔法をかけようとして――やめた。

魂がもうない。レイスになった私は、意識せずともそれを知覚できた。つまり、もう息絶えたということだ。

これは戦争で、ある程度犠牲が出るのは当然だ。前回も、街への侵攻は無傷で抑えたけど付近の農村がいくつか蹂躪されたと聞く。魔物によって人間が死ぬのは、よくあることだ。

でも、目の前で人が死ぬところを見るのは初めてだった。肩から胸にかけて切り離された兵士の身体が地面に沈み、血がにじみ出ている。誰が見ても助からない状況だ。

何より驚いたのは……。

(何、も、感じない)

心が少しも痛まなかったことだ。

「セレナ！　ぼーっとするな!!」

アレンの声で現実に引き戻された。慌てて、私に狙いを定めていたメイジスケルトンにホーリーレイを放つ。

寸分たがわず眉間を撃ち抜き、聖魔力で強制的に浄化した。

「つらいなら下がってろ」

「あ、はは」

アレンは戦う力をほとんど持たないのに、毅然と立っている。地平線まで続く魔物たちを前にしても一切怯まず、ただ目の前の敵を倒して街を守ることだけを考えているのだ。

彼の愚直な背中が眩しくて、憧れる。私は首を横に振って、アレンの隣に並んだ。

最近いろいろありすぎて、心が追いついていないだけだ。死者を悼むのは勝ってからにしよう。

目を走らせてカールの姿を探すと、彼が足止めしたエアアーマーを『破壊王』ニコラハムが殴り倒すところだった。彼のスキルの前では、物理と魔法ともに高い耐性を持つエアアーマーすら鉄くずと化す。

「にひひ、なかなか強敵っすね」

汗一つ掻かず飄々と言ってのけた。

でも、エアアーマーは一体ではない。さっき見た時は十体くらいいた。私が倒さないと……。

「おいニコラ、てめぇ俺の獲物まで奪うんじゃねぇよ」

「そうよぉ。せっかく楽しくなったところなんだからぁ」

カチャカチャ、と魂の抜けた鎧が地面に転がってぶつかる音が響いた。他の冒険者たちだ。

さすがはプロだ。兵士では太刀打ちできない相手を一人で、あるいは優れた連携で次々と打ち倒していく。

「にひひ、勝負っすよ」

中にはゴーストの上位種、姿を消し背後から敵を屠るサイレントゴーストもいたけど、魔法系のギフトを持つ者によって容易く処理されていた。

ゾンビの上位種でありDランクのグールは、再生能力を上回る速度で身体を破壊され、人間の倍ほどもある巨体を横たえた。やっぱりニコラハムは頭一つ抜けてるね。

「す、すげぇ」

兵士たちが思わず手を止めて、冒険者の戦いを見やる。それだけ圧倒的な力だった。

でも、魔物たちだってただやられているわけではなかった。

エアアーマーなどの強力な魔物が前線に出張ってきたことで、明らかに殲滅速度が落ちている。

「総員、後退！」

倒すのに時間がかかるDランクに冒険者が釘付けになり、魔物が溢れてきた。分断されて囲まれたら危険だ。

指揮官の指示によって、高位冒険者を残して所定の位置まで下がっていく。殿を務めてくれた冒険者も、すぐに戻ってきた。

陣形を整えるのだ。大丈夫、街まではまだ距離がある。

（この調子なら勝てそう！）

私、全然活躍してないかも？

数人が警戒に当たりながら、待機していた衛生兵と補給班の助けを借りて息を整える。あとから合流した援軍とともに、改めて陣形を組みなおした。

二度目の衝突はすぐだ。ここらは街道も広く、周辺も障害物の少ない荒野である。街も近いので、なんとしてもここで殲滅しなければならない。

相手もここを正念場だと感じているのだろう。その証拠に、先頭を駆ける大きな影があった。

「アンデッドよ、我に続くが良い」

「カチャ！」

馬の頭を持つ大男。槍に闇魔力を滾らせ、メズが正面に立った。

その隣にいるのは、黄金の武具を纏うスケルトンだ。金属のような銀色の光沢を持つ骨で形成されたその魔物は、たぶんCランク。砦の門番を務めていた、高位の魔物である。

軍勢の中でも最強の二体が、重い腰を上げた。

メズは、おそらくゴズと同等かそれ以上の力を持つBランクの魔物だ。公用語を操り、知恵を持つ高位の魔物で、幹部ではないものの軍勢の中では最強の戦闘能力を誇る。

ゴズ一体倒すのに、『聖女』である私と『枢機卿』レイニーさん二人が協力する必要があった。レイニーさんはもういないから、別の手段を考えないといけない。

「ゴズの馬鹿がどこかにいったようだが、指揮官は我一人で十分である」

「カタカタカタカタ！」

軍勢を引き連れ、先頭に立つメズが槍を掲げた。それに呼応して、アンデッドたちも各々の武器を掲げ骨をカタカタと鳴らした。知恵がなくただ暴れるだけだった有象無象が、移動以外で初めて統制の取れた行動を見せたのだ。

兵士たちは怯えた様子でごくりと唾を飲み、震える手で剣の柄を握った。対して、冒険者は好戦的な笑みで進み出た。一触即発の睨み合いが始まる。

「セレナ。あいつは強いのか？」

アレンが憮然と尋ねてきたので、大きく頷いた。それでも、アレンの表情は変わらない。

「どのみち全部倒すからな」

アレンが頼もしい。実力が兵士に及ばなくても、こうして隣にいてくれるだけで頑張れるね。本当は、ずっと隣にいられるはずだったんだけどね。

じり、じりと彼我の間隔が詰まっていく。戦闘開始まで秒読みだ。

（私はメズと戦おう）

メズと正面から戦える人間なんて、冒険者の中にもいるかわからない。

防御が得意な私が相手するべきだろう。

「スケルトンジェネラル、スケルトンナイト。来ぃ」

メズの合図で、スケルトンジェネラル（私が勝手に門番スケルトンって呼んでいた奴だ）が一体とスケルトンナイトが数体、前線に並んだ。スケルトンナイトは剣と盾を持つDランクの魔物である。

エアアーマーと同じく、直接戦闘を得意とする魔物だね。

「あれが最大戦力かなぁ？」

「だろうな。兵士にゃ荷が重そうだ。ニコラ、どうする？」

「にひひ、俺があの金ぴかっす。その後に馬ヅラっすね」

短いやりとりで、冒険者が上位のスケルトンを担当することに決まった。

他の冒険者たちは名前も知らないけど、みんな自信に満ちた表情で特に気負った様子はない。気だるげな女性魔法使いはぼーっとしているように見えて、風の魔法でエアアーマーをバラバラにしていた。恐ろしいね。

「アレン、気を付けてね」

カールはそれだけ言って、前線に走っていった。彼もスケルトンナイトを倒すつもりらしい。

開戦の合図はなかった。互いの間合いに入った瞬間、どこからともなく戦いが始まった。

（メズ！　ファイアーボール）

「む、レイスか」

私の先制攻撃は、軽く振るわれた槍に容易く弾かれた。メズはそのまま槍を引き、目を見開く。

「ダークスパイク」

（ポルターガイスト）

闇魔力が逆る穂先が、私を狙い撃つ。このスキルには一度結界を破られているし、破邪結界も一点突破の攻撃には弱いのだ。結界の天敵とも言えるスキルなので、ポルターガイストで対応する。

物質に直接干渉する魔力の塊で、槍を横から殴りつける。刺突はスピードこそあるが側面からの衝撃に弱い。剛力で大斧を振り回すゴズとは正反対の、繊細で精密な突きはわずかに軌道を逸らし、私の右側を素通りした。

（ホーリーレイ）

「小癪な！」

カウンターで放った光線は、身体を無理やり捩ったメズに回避され、たまたま背後にいたスケルトンを貫いた。槍を戻して体勢を立て直そうとするメズに、追撃を放つ。

「くッ！」

メズは左手を槍から離し、闇魔力を凝縮させた手の甲でホーリーレイを受け止めた。

（スキルっぽくないよね。ゴズも魔力を対外に出して纏ってたなぁ）

ゴズは全身でメズは部分的っていう違いはあるけど、高位の魔物は魔力そのものを扱う技術を持っているのかもしれない。

なんにせよ、あれを使われたら私のホーリーレイではダメージを与えることができない。

(仲間が必要だ!)

アレンは少し離れたところで複数の兵士と連携している。

冒険者たちはまだスケルトンナイトに苦戦しているようだ。援軍は期待できない。

「なかなかやるようだ。我も本気を出すとしよう」

(たいへんだ、そろそろ魔力がなくなる! とりあえずポルターガイスト)

闇魔力はまだ余裕がある。聖魔力は破邪結界なら一回使っただけでなくなる。

「ファンゲイル様からも裏切り者のレイスには気を付けるよう指示があったのだ。格下なれど、全力で殺すとしよう――ユニコーン一角槍」

今までのダークスパイクとは格が違う。メズの手元から穂先にかけて、渦を巻くように闇魔力が高速で錐揉み回転している。

(ぜったい防御できないよね?)

破邪結界一枚では止められない。そう確信があった。かといって槍全体を魔力が包んでいるため、ポルターガイストでの妨害もできそうにない。

(回避!)

メズが右足を大きく踏み出し、突きを放った。

私は身体を傾けて軌道上から逃れようとする。

（きゃぁあっ、いたい！）

しかし、避け切れず黒マントに突き刺さった。ただのボロマントに見えるけどレイスの身体の一部だ。久しく忘れていた魂を削られる痛みが全身を襲った。

「まだだ」

（ポルターガイスト）

連撃。

細かい動きで私の胸や頭を狙い続ける。私はポルターガイストでなんとかメズを押しのけようとするけど、効果は薄い。

なんとか致命傷を避けるが、魂はどんどん削られていく。霊体は魂が破壊されれば死ぬのだ。このまま攻撃を受け続けるのダメ。

痛みに耐えかねて、思わず後ろを向く。逃げないと。

（でもどうする？　防御も回避も攻撃もできないのに……）

残った手段は……。

「セレナ！」

アレンの声が聞こえた。そう思った次の瞬間には、痛みが止まっていた。攻撃が止んだのだ。

（ホーリーレイ！　聖魔力全部使うよ!!）

ありったけの魔力を込めて、ホーリーレイを無数に作り出した。

標的はメズではない。

全方位に向けて、無差別にホーリーレイを放った。聖属性の魔法は人間には効かない。だから、乱戦の中でも魔物だけに当てることができる。

（お願い、レベル上がって！）

残された手段は、進化しかないのだ。

何体倒せただろうか。適当に撃ったから、もしかしたらほとんど外れたかもしれない。

倒せても、レベルアップには満たないかもしれない。ランクDになってから、レベルの上昇が遅いのだ。

時間の流れが遅い。もうだめかも。

『進化条件を達成いたしました。ファントムへの進化を開始いたします』

（やったぁ！）

起死回生の進化が行われた時、各所でセレナのことが話題に上がっていた。

『聖女』セレナが生まれ育った孤児院の次代を担う子どもたちは、神官が警護する馬車で皇国へ向かっていた。

「あれん……大丈夫かな」

「一緒に来ればよかったのにね！」

特別に用意された緩衝材の上で足をばたつかせるのは二人の女の子、ミナとレナだ。その隣では、ロイが身体を丸めて寝息を立てている。麻袋に布を詰めただけの簡素な緩衝材が、小さな身体を守るのに一役買っていた。

客人だからと最も豪奢な馬車に案内され、シスターは恐縮していたが子どもは呑気なものである。状況もあまり理解していないので、ちょっとしたお出かけとでも思っていそうだ。

「こうこくって楽しいかな？」

「楽しいとおもう！」

ミナが尋ねれば、レナが溌剌と応える。もっとも会話の内容はなんでもよく、暇つぶしに話しているだけだ。

先日までは『枢機卿』レイニーも共に搭乗していたのだがどこかへ行ってしまった。彼女の経験談はおとぎ話のようで、子どもたちは目を輝かせて聞いていた。

「かみさまがいるって」

「天使もいるって言ってたよ」

「すごい」

「お城もきらきらしてたもんね！」

「せれなお姉ちゃんも天使になってるかも。だって聖女様だし」

「きっとそうだよ！　優しくて可愛かったからね！」

出発してから就寝中以外はずっとこの調子で、元気に過ごしている。疲れを見せないのは助かるが、少々やかましい。

この馬車に乗るのは御者と孤児院の面々だけではないのだ。

シスターのエリサは疲れた表情で、正面に座る男性に頭を下げる。

「騒がしくて申し訳ありません」

「いえいえ、お気になさらず。子どもは元気が一番ですから。私が降りる街もそう遠くありませんし」

「そう言っていただけると助かります」

彼はとある街を拠点に行商を営む商人で、魔物に襲われているところを神官に保護されたらしい。安全な地区まで相乗りすることになったのだ。

「えりさ、せれなお姉ちゃんはどんな人？」

舌ったらずなミナが、上目遣いで尋ねる。

セレナが聖女として教会に入った時は、三人はまだ幼かったため一緒に暮らしたことはないのだ。たまに様子を見に来る時に優しくしてもらった記憶はあるが、その程度の繋がりである。

レイニーに彼女の死を告げられた時も、あまり実感が湧かなかった。ただ漠然とした悲しいという気持ちが涙に変わり、怒るアレンを前におろおろしていただけだ。

「そうね、人のために頑張れる、優しい子だったわ。弱虫で臆病なのに、家族を守るためなら絶対に逃げないの。カールが肉屋の子どもと喧嘩して負けた時も、真っ先に飛んでいったわ」

返り討ちにされてアレンに慰められていたけどね、と懐かしむように笑う。もう会うことができない、大事な娘の話だ。思い出ならいくらでも出てくる。

忘れることがないように、そして子どもたちの心に少しでも残るように、思い出話を紡ぐ。子どもたちは黙ってそれを聞いていた。

「素晴らしい女性ですね」

エリサが記憶を手繰って言葉を詰まらせたタイミングで、商人の男が口を挟んだ。

「不躾ですが、今その女性は……？」

「亡くなりました」

「そうですか……」

男は目を閉じ、ギフテッド教の作法に基づいて祈りを捧げた。

「私も先日、心優しい方に会いましてね。ゴーストの姿をしていたのですが、魔物から私を守ったのです。その時は怯えてしまいましたが、その方は確かに身を挺して私を救い、手を差し伸べました」

「ゴーストが人を？」

「ええ。私の故郷では、人間は死ぬと死霊になると言い伝えがありました。……っと、今のは内緒でお願いしますね」

ギフテッド教の教義では絶対に許されない言い伝えだ。

地方の伝承を根絶やしにしようとするほど狭量な宗教ではないが、大っぴらに言うことではない。

「あのゴーストも、生前はその女性のように心優しい御仁だったのでしょうね。その女性も、きっとどこかで元気にされていますよ」

「だと、良いのですが」

「祈ればきっと、届くはずです」

エリサと男は、無言で目を閉じた。ミナとレナもそれに倣い、いつの間にか起きだしていたロイも続いた。

馬車の中が、五人の祈りで満たされる。


「あのオバケはどこにいったの？」

「彼女は戦いに行ったのでしょう」

ところ変わって、王都付近の街道。

『枢機卿』レイニーが背負う赤毛の少年が、薬草をしっかりと握り直した。

「なんで？」

「大事な人を守るためですよ」

軽い口調で少年に答えながら、通りがかったスケルトンをホーリーレイで仕留めた。

この子どもを母が待つ農村まで届けるまでは、手を抜くつもりはない。残り少ない魔力をなんとかやりくりしつつ、先を急いだ。足の痛みは無視だ。

「大事な人を……」

「あなたもそうでしょう？　お母様を助けるために頑張ったではありませんか」

「でも、僕だけじゃ帰れなかった」

彼は危うくスケルトンに襲われかけ、ゴズの斧にかかるところだった。

レイスやレイニーがいなければ命はなかっただろう。

「いいのですよ。人間なんてそんなものです。わたくしだって、神からギフトなんて大層なものをいただいても、大切な少女一人守れないちっぽけな女です」

「おばさんでも……？」

「次その言葉を吐いたら降ろします」

背筋が凍る。

思わず息を飲んだ少年に、すぐに弛緩させた表情でレイニーは続けた。

「人間、一人じゃ何もできないんですよ。大切なのは、まず動き出すことです。誰かを守ろう、誰かのためになりたい、そういう強い気持ちで自ら行動することができれば十分なのです」

その点で、あなたは合格ですね、と笑いかけた。

「行動……」

「どれだけ不格好でも、無計画でも、まずは一歩踏み出すことが大切です。その行動が他人に認められれば、周りが勝手に応援してくれますから」

母親を助けたい。僅かな財産も底を突き、それでも強がる母を救いたいがために村を飛び出した少年は、その言葉を深く心に刻み込んだ。

「あのオバケも？」

「はい。現に、あなたを助けることができました。わたくしの力を借りて、ね。そして今度は、国を守ろうとしています」

「国を」

「それは到底、一人でできることではありません」

「僕に何かできる？」

「簡単ですよ。頑張れ、そう口にするだけです」

年端もいかない少年に、できることは少ない。魔物と戦い国を守るなど、不可能だ。

だが、レイニーは一言応援を口にするだけで良いと言う。少年は大きく息を吸い込んで、青空を仰いだ。

「がんばれー！」


「ほう、身を投げだしてそのレイスを守るか」

「あたり、まえだ。こいつは俺の婚約者だからな」

アレンの腹には、深々と槍が刺さっていた。即死は免れたが、ユニコーン一角槍の威力は絶大。数秒もしないうちに死に至るだろう。

　意識が薄れていく。

「その意気や良し。武人に敬意を表して、次の一撃で終わらせてやろう」

　ああ、ここで終わりなのか、とアレンは腹に手を当て、おびただしい量の出血を確認した。痛みはもはや感じない。

　自分も死んだら魔物になってセレナの隣に並べるのだろうか、などと場違いな想像を巡らせる。

「セレ、ナ。あとは頼んだ……」

　アレンは婚約者であり、幼馴染であり、『聖女』でもあるセレナに、最後の望みを託した。

　彼だけじゃない。魔物の侵攻を知った国中の者がギフテッド教、ひいてはその中核にいると噂される聖女に、祈りを捧げた。

　彼女を直接知る者は、死を悼んだ。魔物だと知ったうえで、盛栄を願った者がいた。

『進化条件が新たに達成されました』

　その言葉が、アレンにも聞こえた気がした。

「ヒール！」

　背後から、声がした。

「アレン、お待たせ！　痛かった？」

「いや、全然。おせぇよ」

　あはは、と底抜けに明るい声が戦場に響いた。

『セレナ……どうかお元気で』

『助けていただきありがとうございます』

『がんばれー！』

『聖女様、どうかお救いください』

『聖女様……』

ファントムへ進化する途中、無数の声が頭の中に流れ込んできた。

直感で、これは国中の人々の声だとわかった。私はもう魔物の身なのに、こうやって思ってくれる人がいることが、涙が出るくらい嬉しい。

『進化条件が新たに達成されました』

（え、進化条件？）

『必要条件：聖魔力、特殊条件：祈り』

天使様が淡々と、新たな条件を告げる。

祈り。そうか、それでさっきから、人々の気持ちが集まってくるんだ。王国のみんなが、今この瞬間私に祈ってくれてるんだ。

力が溢れてくる気がする。時間がゆっくりと流れ、身体が作り替わる。人間だった時は決して味わうことのなかった、種族の進化。

応援が、気持ちが、祈りが、私の身体に流れ込んで澄んだ水のように指先まで満たしていく。

人間の子ども程度だった体躯は、生前と同じ背格好まで光り輝きながら伸び、白い肌が露出した。

髪がふわりと首元を撫でて垂れ下がった。

レースの付いた白いドレスが、胸元から下を覆って後ろに靡いた。足はなく、ドレスの裾がひらひら揺れるのみだ。

『進化が完了いたしました。種族……』

感覚が研ぎ澄まされていくようだ。

魔力も、聖、闇ともに各段に増えている。生前には及ばないけど、今なら王都くらいなら結界で覆うことができるかもしれない。ポルターガイストなら一日中発動することすらできそうだ。

ファントムがどういう魔物だったのかはわからないが、特殊条件を達成しただけあって今までにない成長をしている。勝手に決まっていた気がするけど、こっちで良かった。

天使様が、生まれ変わった私の種族名を告げる。

『聖霊』

「ヒール！」

進化が終了したと同時に、私を庇って傷を負ったアレンに回復魔法を飛ばした。込める魔力やギフトによって効果が大きく変わる魔法だ。『枢機卿』がホーリーレイで全てを焼き払うように、『聖女』がヒールを使えば四肢の欠損すら瞬時に癒す。

メズの槍によって開いた大穴はたちどころに塞がって、血が止まった。今にも倒れそうだったアレンはぽかんと口を開け、腹をさすった。

「アレン、お待たせ！　痛かった？」

「いや、全然。おせぇよ」

またまた、強がっちゃって。

からかうように笑うと、アレンはむすっとしてそっぽを向いた。そしてすぐに噴き出した。釣られて、私もまた笑う。

久々に声を出した。アレンとまた話せて嬉しいね。

「なんだ、その姿は」

メズが槍を構えたまま警戒を露わにした。

「可愛いでしょ」

「レイスがそのような魔物に進化するなど、聞いたことがない。いや、その姿は魔物というより……」

自分の顔は見えないからわからないけど、腕は半透明であること以外普通の人間のそれだ。髪もそう。

かなり人間に近い姿になれたんじゃない？

「セレナ、言いたいことはたくさんあるが、後だ」

「うん、わかってる」

アレンの背中に飛びつきたくなるのをぐっと堪え、メズを睨みつける。私は進化してCランク、メズはBランクだ。未だ格上だが、聖属性の魔法があればきっと勝てる。

「とりあえず一つだけ……髪、跳ねてるぞ」

「うそ!?」

慌てて両手で髪を整える。えー、わかんない。どこ？

アレンがくつくつと喉を鳴らすのを見て、からかわれたのだとわかった。さっきの仕返しかな。ひどい。

「多少特異な姿になったとて、所詮は死霊。我の敵ではない。……ダークスパイクッ！」

メズはもっとも得意とする攻撃で、速攻を仕掛けてきた。発動の早いスキルで、アレンを狙い撃つ。

そこで私じゃなくてアレンを狙うあたり、だいぶ警戒してるよね。怯えていると言い換えてもいい。

私はアレンを守るように聖結界を張った。速度も強度も、レイスだったころの比ではない。斜めに展開することでメズの槍を受け流し、アレンの横を通り過ぎた。

「それと……可愛いぞ」

「え？」

ぼそっと呟いて、メズに斬りかかっていった。メズは槍を受け流して体勢が崩れた状態だったが、部分的に闇魔力を纏う技術で即座に防御される。

待って、今可愛いって言った？

アレンくん、いつからそんな甘い言葉を吐くようになったの？　もしかして私と会わないうちに女慣れしちゃった？

「ホ、ホーリーレイ」

大混乱の私は、とりあえずホーリーレイで追撃。これも容易く弾かれた。

メズとの決戦は、なんとも締まりのない雰囲気で始まった。

アレンの横顔は真っ赤だった。

兵士や冒険者は目の前の敵に精一杯で、加勢は期待できない。私が進化したことにも、数人しか気が付いていないようだ。平地だし、戦闘中だと遠くは見えないからね。もっと高く飛べば存在を周知できるけど、今はメズに集中しよう。

「アレン、防御は任せて」

「ああ」

「聖属性付与……これで良しっと」

アレンの剣を改めて聖別する。進化したことでより強い付与を行えるようになったので、魔力を全力で注ぎこみ、刃を満たした。淡く白い光を放ち、魔物を容易く切り裂く剣となった。メズはアンデッドではないが、かなりの威力を発揮するだろう。

「度胸は認めるが……所詮は人間。それも武芸の心得もないと見える」

メズがすっと目を細め、身体を少しだけ前に傾けた。

それが攻撃だと、一瞬遅れて理解した。

「――ッ！　聖結界！」

スキルは使っていない。なのに、いやだからこそ、今までで一番速い突きだった。

脱力した状態から、気が付けば眼前に穂先が迫っていた。慌てて展開した聖結界が、辛うじて攻撃を阻む。

聖結界に穂先が触れた瞬間、メズは深追いせずすぐに槍を戻した。

アレンが剣を上段に構える。

「はぁあああ！」

カールと違ってアレンは剣術を学んだことはない。私から見ても型が崩れているのがわかるけど、気迫は十分だ。アレンは躊躇うことなく、メズに突っ込んでいく。私を信頼しているのか、覚悟ができているのか。

だが、そんな付け焼き刃で敵う相手ではない。

「笑止」

メズは最小限の動きで、アレンの目の前に槍をただ置いた。彼の達人技は完全に虚を突き、攻撃されたことを気づかせない。

全力で斬りかかったアレンは自ら首を槍に近づけていく。

「ポルターガイスト」

「ほう」

闇魔力を操ってアレンを掴み、私のほうに引き寄せる。ほんと便利なスキルだね。

メズのほうにも放ったけど、魔力を纏った腕で軽く払って無効化された。ゴズに使った時は全身に魔力を滾らせて無理やり突破してきたけど、メズはだいぶスマートだ。技量のなせる技だろうか。

「悪い！」

「ううん。慎重にいこう。私も本気出すよ！」

聖域とポルターガイストを発動する。

聖、闇両方の魔力を空中に放出し、辺り一帯を私の魔力で満たした。進化によって魔力の感覚が研ぎ澄まされ、今ならポルターガイストでペンを持って文字を書けそうだ。

あふれ出る魔力をふんだんに使用して、私が戦いやすい環境を整える。

「なんだこの魔力は……！」

本来、聖域は聖属性の魔力を放出して魔物の動きを鈍らせる魔法である。

だがそこにポルターガイストを融合して展開することで、聖域内であれば即座に、かつ好きなように物を掴むことができるようになった。

スキルと魔法の融合。今まで別個で使っていた魔物としてのスキルと、聖女としての魔法が一つのものとして自在に扱うことができる。

これが聖霊の力。聖属性を持つ魔物という、特殊な存在。

魔物の身ながら『聖女』のギフトによって強引に魔法を使っていた頃とは違う、本当の意味で聖魔力を扱えるようになったのだ。

この空間に名前を付けるとしたら……。

「霊域、かな」

「面妖な術を使いおって。ダークスパイク！」

メズは今、聖域とポルターガイストによって二重に負荷がかかっている状態だ。それでも、私やアレンよりは数段速い。

だが、物に触れることができるポルターガイストの魔力は、霊域内の動きを事細かに伝えてくれる。

「聖結界」

「はッ！」

強度を最大まで上げた結界が、容易くメズの槍を受け止めた。それに合わせて、結界の脇から飛び出したアレンが横薙ぎに剣を振るう。

メズは小さな魔力を左拳に纏って、それを防いだ。繊細な魔力操作だが、鎧のように硬い。ゴズのように大雑把な使い方をしないのは技量が高い代わりに魔力の出力が高くないからだろうか。

「まだまだァ！」

アレンが怯まず、我武者羅に連撃を加える。

剣の間合いで槍を突くことはできない。メズは余裕をもって剣を防いでいるが、攻勢に転ずるには間合いを離す必要があった。

「我はファンゲイル様の配下一の武人、素人に負けるなど、あってはならぬのだ」

メズはアレンの剣を大きく弾いて、その隙にバックステップで数歩分下がった。槍を引き絞り、ユニコーン一角槍を発動する。

「それを待ってたよ！　ファイアーボール、ホーリーレイ」

「この程度……ッ！」

炎熱効果を付与することによって、疑似的にレイニーさんのホーリーレイを再現する。

メズは槍をくるりと回して、光線を切り裂いた。渦巻く闇魔力にかき消されて、これもダメージには至らない。

けど、目的はヒットさせることじゃない。

「槍を使ったな」

「なぬ⁉　いつの間に後ろに……！」

メズの瞳が驚愕に開かれる。

無理もない。アレンはつい先ほどまで正面にいたのだ。バックステップで大きく距離を取ったはずなのに、背後から現れた。

「ポルターガイスト」

派手なホーリーレイによって視界を遮り、ポルターガイストで高速で移動させる。霊域によって白在に魔力を操作できるからこその芸当だ。

一人では無理でも、二人なら達人相手でも隙を創り出すことができる。メズの背後を取ったアレンが剣を突き立てた。

「終わりだ！」

私もポルターガイストで動きをサポートする。

メズの防御は間に合わない。聖属性の魔力を集中させ、魔力による防御も妨害する。

メズの胸元から、銀色に輝く刃が顔を出した。

「見事、なり」

剣を抜く。一拍遅れて血が噴き出した。

「か、勝った」

メズが膝をつき、そしてうつ伏せに倒れた。彼の背に隠れて見えなかったアレンが、呆然と剣を下ろす。カツン、と地面に切っ先が当たった。

ゴズ以上の強敵だった。聖霊への進化がなければ到底敵わない相手だった。

「はは、まだ手が震えてる」

アレンは凡人だ。ギフトもないし、剣術もままならない。それでも私の隣にいて、最前線で敵の指揮官を討った。それは誰にでもできることじゃない。

スケルトンとも、ゾンビの腐肉とも違う、生身の肉体を斬った感覚がアレンの手に残っているのだろう。

アレンは手を握ったり開いたりしながら、倒れ伏すメズに視線を落とした。

「アレン、ありがとう」

「ん？　いや、ほぼセレナが倒したようなもんだろ」

「ううん、アレンが来てくれなかったら負けてたよ」

アレンが庇ってくれたおかげで、魔物を倒して進化することができたのだ。出鱈目にホーリーレイをばら撒いて進化レベルまで到達できたのは運が良かったけど、アレンがいなかったらそもそも可能性すらなかった。

トドメを刺したのだって、アレンの剣だ。必要な時に隣にいてくれたし、私のことを信頼してポルターガイストに身を任せてくれた。

「とりあえず、人間らしい姿になって良かったよ。足はないけど、喋れるし、顔もセレナのまんまだ。これならカールも信じてくれるだろ」

「あ、生前と同じ顔なんだ」

「ああ。なんか髪は光ってるけどな」

どういう原理かわからないけど、容姿が変わらないのは良かった。

ゴーストの種族スキル『ケラケラ』と同じで、肉体はないのに声は出せる。身体は足がないこと以外は、生前とあまり変わらないように感じた。

自慢だった夜空のような髪は、毛先まで聖魔力で満ちていて、キラキラ輝いている。

「さて、もっと話していたいけど、まずはこの戦いを終わらせないとね」

幹部を除けばトップクラスのゴズメズは倒した。指揮官を失ったからといってアンデッドの動きが止まることはないが、残りは烏合の衆だ。

ちらりと辺りを見渡すと、ちょうど『破壊王』ニコラハムが門番スケルトン改めスケルトンジェネラルを倒したところだった。あの魔物も頭一つ抜けて強かったはずなのに、やっぱ冒険者はすごいね。

他の冒険者も、既にスケルトンナイトを討伐していた。あとは掃討戦である。

「そうだな」

アレンが緩んだ表情を引き締めて剣を構えた。

「大丈夫、私に任せて」

アレンはもう十分戦ってくれた。聖魔力の塊をぶつけ、ヒールをかける。ヒールは怪我以外にも疲労や寝不足も解消するから便利だ。

きょとんとする彼をおいて、空へ飛び上がった。

「おおー、聖霊は結構高く飛べるね」

たぶん二階建て孤児院の屋根より高いんじゃないかな?

空から戦場を俯瞰する。何人かが私に気が付いて、空を見上げた。

「うへぇ、まだまだたくさんいるね……でも、今の魔力なら」

街道とその周辺は、アンデッドで埋め尽くされていた。視界一杯に広がる死者の集団は、現実味がなくてなんだか絵画を見ているみたい。虚ろな目で声も上げずにひたすら行進する魔物とそれを迎え撃つ人間という戦いは、既にかなりの時間が経った。

『不死の森』から出てくる魔物はもういないみたいで、ひとまず見えている敵を倒せば大丈夫そうだ。

「聖結界、ソウルドレイン――吸魂結界」

イメージするのは、礼拝堂。

ドーム状の結界で、戦場を丸ごと包み込んだ。聖女時代に常時展開していたから、結界の制御はお手の物だ。

今回はそれに、ソウルドレインの効果を追加する。

『聖魔融合』、それが聖霊になったことで取得した種族スキルだった。

「いただきます！」

聖属性の魔法は、人間に悪影響を及ぼさない。

ソウルドレインの対象になるのは魔物だけだ。肉体との結びつきが弱いアンデッドの魂は外部からの影響を受けやすいので、吸魂結界によって容易く引き離された。結界内にいる数千の魔物から、ヒトダマの青い光が浮かび上がる。

魂の抜けた身体は、ただの死体だ。低位の魔物はなんの抵抗もできず、物言わぬ骸となって地面に転がった。

空中を漂って、大量の魂は私が掲げた手に集まってくる。青い蝶が舞うような幻想的な光景に、人間たちは手を止めた。

「さすがにエアアーマーには効かないみたいだけど……十分だね。ごちそうさまでした」

残ったエアアーマーも、霊域を展開していつもの要領で兜を引きはがした。

長い戦いは、呆気なく終わりを迎えた。

「ヒール、火の息――癒しの息吹」

続いて、人間たちに向けて回復魔法を発動する。火の息をベースにしているから、暖かい風のように感じるはずだ。

彼らの軽いケガと疲労を、風と共に吹き飛ばした。

「セレナ！」

地面に降りると、アレンがすぐに駆け寄って来た。

その後ろにはカールとニコラハムが続く。他の兵士はどう接するか決めあぐねているのか、遠巻きに眺めていた。まあ突然現れた死霊が魔物を一掃したら、誰だって警戒するよね。

「今のなんだ？　強すぎるだろ」

「やってみたらできたって感じだよ！」

弱い魔物相手だから通用しただけだけどね。

聖女時代にはもっと手軽にアンデッドを倒せたから、これでも全盛期には及ばない。魔物のスキルが使える分汎用性は上がったけど、聖女のように無尽蔵に魔力があるわけじゃないからね。

「セレナ、なのかい？」

「あ、カール。お久しぶりです……？」

「なんていうか、元気そうで良かったよ。アレンが言っていたのは本当だったんだね」

「死んでるけどね！」

冗談のつもりで言ったら、アレンとカールが泣きそうな顔になった。今の生活割と気に入っているから、勝手に憐れまないでほしいな。

「にひひ、元人間の魔物ってことっすか？　面白いっすね」

ニコラハムは、特に気負いもせず頭の後ろで手を組んでいる。この人よくわからないね。

でも、普通に接してくれるのはとてもありがたい。今まで会った人間には怯えられてばっかりだったから。

「魔物は全部倒したっすか？」

「うん！」

「じゃあ、俺らの勝ちっすね」

ニコラハムがニヤリと笑った。それを見て頷いたカールが、勝鬨を上げる。

兵士たちが、一斉に剣を掲げて叫んだ。街を守り切ったのだ。彼らは戦闘の高揚感そのままに、肩を叩き合って喜びを分かち合った。

でも、私とアレンだけは表情が固かった。

王都のほうを向いていたのは、私たち二人だけだったのだ。だから、気づけた。

「あれは……」

「ファンゲイルだね、たぶん」

王都の上空に、空飛ぶドラゴンの骨がいたことに。

思い返したのは、数日前のこと。最初の侵攻をアレンとカールたちとともに防いだあと、森の中でファンゲイルに出会ったのだ。

色々話したけどそれは置いておいて、その後彼は骨ドラゴンに乗って飛び去ったんだった。

普通のスケルトンとは一線を画す存在感だ。おそらくBランク以上、いやもしかしたらAランクの幹部かもしれない。骨しかない翼でなぜか空を飛び、ファンゲイルとともに王都に飛来している。

「おいおい、なんだありゃ」

「まさかこっちは陽動……？」

「あんなデカい魔物見たことねぇぞ！」

アレンの視線を追った兵士たちが、骨ドラゴンを指さしながら口々に叫んだ。

さしもの冒険者たちも、今回ばかりは表情を固くする。余裕を見せるのはニコラハムくらいだ。

「おひょ～、ちょっとは骨のありそうな奴が出てきたっすね」

スケルトンだけに、という小声に反応する者はいない。

なんで突然王都に？　こっちの進軍は陽動ってこと？

『不死の魔王』ファンゲイルと骨ドラゴンだけだとしても戦闘能力はきっと絶大だ。民間人の被害は計りしれない。

騎士団が控えているとはいえ、あの貴族たちに対応できるかどうか……。

「アレン、私、行かないと」

聖霊になった私なら、ファンゲイルとだってきっと戦える。

今この国を守れるのは私しかいないんだ。

「なんでだよ、王都には騎士団や貴族がいるだろ?」

「でも、魔王は強いから」

「お前はもう頑張っただろ。そんな身体になっても故郷に戻ってきて、俺に伝えて、戦いだって一番活躍して、街を守ったじゃねぇか。なのに、なんでまだ戦うとか言うんだよ」

「アレン、私は聖女なの。私しかいないんだよ」

「なんで、自分を殺した相手まで守ろうとするんだよ」

絞り出したような掠れた声が、ひどく耳に残った。

アレンは私が死んだことをどう受け止めたのだろうか。死んだ当人は特に感慨もなく能天気なものだったけれど、残されたアレンは、レイニーさんは、孤児院のみんなはどう感じたのだろう。

人の死とは、得てして残された者を苦しめるものだ。聖女として、その姿を散々見てきた。

しかも私の場合、王子という明確な原因がいるのだ。アレンが王子や貴族をどう思っているかは、想像に難くない。

「ごめんね。でも、王宮や王都にもお世話になった人はたくさんいるから」

王子の息がかかった貴族たちからは、だいぶ酷い扱いを受けた。直接的な被害こそ少ないけど、これ見よがしに冷遇されたり陰口を言われたりなんてのは日常茶飯事だった。

でも、侍従や料理人、庭師など仲の良い人たちもたくさんいたのだ。毎朝礼拝に来る老人夫婦や、慕ってくれる子供たちもいた。

孤児院のみんなと同じように、見捨てることなんてできないよ。

それに、王都がやられたらこの街も機能停止するからね！

数秒、アレンと見つめ合う。いつになく真剣な私に根負けして、アレンはため息をついた。

「わかったよ」

「アレンならわかってくれるって思ってたよ！」

「変なところで頑固だからな、お前は」

さすがアレン。よくわかってる。

そうと決まれば、善は急げだ。壁も障害物も全部無視して、まっすぐ突っ切るよ！　霊体だからね。

「俺も行く」

走り出そうとした私を、短い言葉が留まらせた。

「危ないよ。それに貴族たちもいる」

「お前が行くなら行く」

「そっか」

私と同じで、アレンも簡単に説得できるようなタイプじゃないよね。

それにアレンが来てくれるなら心強いのは確かだ。

「にひひ、俺も行きたいところっすけど……」

ニコラハムが言葉を濁して、森のほうをちらりと見た。魂の抜けた死体の山。そしてその奥には、新たなアンデッドの集団が現れていた。

「もうひと踏ん張りってところかな」

「腕が鳴るっすね」

「そういうわけだから、アレン、セレナ。こっちは僕らに任せて、王都は頼めるかな？」

カールが背中越しに目を細めた。

もはや歴戦の風格だ。今一息ついたばかりだっていうのに、カールも他の兵士も既に覚悟を決めている。

私は『聖属性付与』を念入りにかけ直して、ここは任せることにした。

「わかった！」

ファンゲイル、絶対止める！

あ、王子と貴族はまだ許してないから覚悟しててね。

近くにいた伝令兵から馬を借りて、アレンが跨った。

「でもアレン、私すり抜けられるから……」

「わかってる。先に行ってくれ。後から追いつく」

「うん、ファンゲイルを見つけたら合図を送るね。こうやって」

ホーリーレイを応用して、明るさを上げた太めの光線を空に放った。これなら遠くからでも見えるよね。

アレンが了承したのを確認して、王都を目指して走りだした。少しの間別行動だ。

八章

街に入ると、兵士の避難誘導があったのか人の往来はほとんどなかった。全ての障害を無視して、最短距離で真っすぐ向かっていく。王都はこの街を抜けた先にある。

それにしても、ファンゲイルはどうしていきなり王都に乗り込んだんだろう。王国を滅ぼすのが目的ではないのかな？

いや、滅ぼすにしても先に王都を制圧する手段があればそのほうが早いのかもしれない。ドラゴンに乗って空から侵入するなんて、普通できないもんね。

「もしレイニーさんがいたら絶対撃ち落とされてるね！」

とりあえずレイニーさんの威を借りて威張っておく。

私？　結界で侵入を防ぐくらいはできるよ。でも遠ければ遠いほど、そして結界が大きいほど精度が甘くなるから、既に侵入され距離のある現状では難しい。

他に考えられる目的としては、王国の征服かな。私が結界を張っても王国に固執していたことから、王国を支配したいのかもしれない。

そういえば砦でゴズメズと話している時、何か欲しいものがあるって言っていたような気がする。

私は馬が走るよりも速く、街をくぐり抜けた。短い街道を行けばすぐに王都だ。

当たり前だが、こちらの街道に魔物はいないので静かなものだ。

既に降り立ったのか、空に骨ドラゴンの姿はない。あの巨体が本気で暴れればどれだけの被害が出るか。考えるだに恐ろしい。

兵士よりも戦闘に長けているらしい騎士団が頑張ってくれていると信じたい。でもなぁ、騎士団って貴族お抱えの組織で、跡継ぎになれない次男以降の子がコネで配属されてたりするから、あまり良い印象がないんだよね。

「平和な王都の警備をしているだけのくせにさー」

ダメだ、王都に戻ってくると自分の性格が悪くなる気がする。結構鬱憤が溜まっていたらしい。

ここ数年戦争と無縁だったから軍備に力を入れていないのだ。今や王国の上層部は腐り切っていて、私腹を肥やすのに夢中である。

やっぱ私が守らないと！　そう意気込んで王都の門を突っ切った。

飛び込んできた光景に、目を疑った。

「あれ？　なんともない……？」

処刑されて以来、久々に来た王都だけど、見える景色は記憶の中のものと相違なかった。

骨ドラゴンに破壊された形跡もない。

「見間違いだったのかな？」

上空から王都を見渡す。突然の襲撃にパニックになっている人たちが多くいるから、見間違いではない。でも、肝心の骨ドラゴンが見当たらない。

王都は東側に位置する王宮から扇状に城下町が広がっているような形をしている。骨ドラゴンが暴れていれば、この位置から見えないはずがないのだ。

「まさか、直接王宮に……？」

ふと口に出して、遅れて思考が追いついた。

そっか、征服が目的なら悪戯に街を破壊する必要はない。軍勢で戦力を削いで、国の中枢である王宮を直接制圧すればいいのだ。

ギフテッド教のみんなが既に王宮を離れていることは、幸か不幸か。私としては彼らが危険に晒されなくて嬉しい。

でも神官がいなくて手薄な王宮を攻められれば一溜まりもないだろう。急がないと。

側面の壁から王宮に侵入して、見慣れた廊下に入った。

王宮の中は思った通り騒然としていた。逃げ惑う貴族、焦った様子で駆ける騎士、怯えて立ち尽くすメイド。

彼らの動きの中心は、中庭かな。

ふわふわと浮かぶ私を見ていよいよ泣き出してしまったメイドちゃんには申し訳ないけど、無視して中庭に向かった。

吹き抜けになっている王宮の中央部、緑豊かな中庭に、ファンゲイルはいた。

「やあ、ずいぶんと可愛らしい姿になったね」

「あなたに言われても嬉しくないね！」

死体が恋人の魔王は、相変わらず骨を抱いていた。

王宮の中庭は剣呑な空気が流れていた。

にこやかなのはファンゲイルだけだ。彼を遠巻きに取り囲む騎士たちは、額に汗を滲ませながらじっと睨みつける。ファンゲイルと、その後ろで座りこむ骨ドラゴンが怖いのだろう。足はがくがくと震え、今にも逃げたそうだ。騎士団としての誇りと責務が、彼らをそこに縛り付けていた。

貴族はほとんどいない。大半の貴族は逃げだし、騎士団と同じく立場上離れるわけにはいかない五人ほどの男だけが、青い顔で立っていた。貴族の中にも序列や上下関係があって、上から命じられれば逆らえないのだ。

「ここにいるってことは……そっか、あの二人を倒したんだ」

ゴズとメズのことだ。

人間側は一触即発の雰囲気なのに、ファンゲイルは骨ドラゴンの足に座り込んでリラックスしている。それでも、言い知れぬプレッシャーを放つのは魔王の風格か。

「それで、聖女ちゃん。君は僕と敵対する道を選ぶのかい？」

「私はこの国を守るよ！　絶対に」

なるべく凄んでみせたけど、ファンゲイルはどこ吹く風だ。

動揺が広がったのは人間側だった。突然現れた魔物の私を訝しんでいた彼らは、『聖女』という言葉を聞いてにわかにざわついた。

そうですよ、あなたたちが見殺しにした聖女ですよ。

とはいえ大した関わりがあったわけでもないので、恨んではいないけどね。

「うーん、惜しいな。僕は君に興味があるんだ。その愛らしい姿もとっても気になる。ファントムではないよね？　きっと僕の知らない魔物だ」

白髪で青白い肌をしていることを除けばかなり整った顔をしている彼が、口説いているのかと勘違いするほど甘いセリフを吐いてくる。

だが勘違いしてはいけない。彼の興味は研究対象として、だ。初めて出会った時も、聖女の記憶を持ったまま死霊となった私に興味を示していた。きっと私の身体をいじくりまわす気なんだ！

「そんなことより、さ」

ファンゲイルが私から視線を外して、和やかに微笑んでいた口角をすっと下げた。たったそれだけで、背筋が凍るような恐ろしい表情に変わる。

「ひいっ」

「早く国王を連れてきてよ。いつまで待たせる気なのかな？　僕、早くしてって言ったよね」

「し、しかし王は今動ける状態では……」

ファンゲイルの射るような視線を向けられた貴族が、しどろもどろになりながら答える。

どういうこと？　ファンゲイルは王様に用があるの？

王宮に乗り込んでおいて攻撃もせず待っているということは、彼には対話の意思があり、目的を達成できるのなら滅ぼすことはしないのかもしれない。

王国を守る手立てがあるとすれば、その目的次第か。

正直なところ、私の力で魔王に勝つのは難しいだろう。それどころか、後ろに控える骨ドラゴンと戦っても無事で済むかわからない。

とりあえずアレン早く来て。私は彼の注意が逸れた隙に、上空へ合図の聖魔力を飛ばした。

「じゃあ大臣とかでもいいよ。国王の代理くらいいるでしょ？」

大臣という役職はこの国にはないけど、言いたいことは伝わった。

というより、貴族側ももともとそのつもりだったのか、ほどなくしてその人物が連れてこられた。

そう、第一王子のセインだ。その隣には、聖女を自称する子爵令嬢、アザレアがいた。

「お前ら、何をする！　離せ！」

「ちょっと、何するんですの！」

「申し訳ありません、しかし、そういう要求ですので……」

両脇をがっちりと固めた騎士は、謝りながらも手を離さない。

「お前らは魔王と戦いもせず、要求に従い主を差し出すのか⁉　命を懸けて俺を守るのがお前らの仕事だろ。それでも王国民か！　恥を知れ！」

言っていることは至極真っ当だ。

王子に人望がないのが原因だろうけど、保身のために国王代理を敵の前に差し出す騎士もおかしい。

この国の上層部はとっくに腐っているのだ。

暴れる王子と諦めたように項垂れるアザレアは、騎士によって中庭に放り出された。

その光景を冷めた目で眺めるファンゲイル。私は両者の間で様子を窺っていた。

顔を上げた王子と目が合った。

「お、お前は‼」

「あ、わかる？　あなたが殺して魔物になった聖女だよ」

隣のアザレアが息を飲んだ。王子は瞠目してわなわなと震える。

そりゃ、覚えてるよね。二人とも、私の首が落ちるまで、あるいは落ちた後も見ていたんだもん。アレン曰く同じ顔らしいから、生前を知る者が見れば一目瞭然だ。

何を思ったのか、王子は目を輝かせて両手を広げた。

「そうか！　俺のために戻ってきたか！　よし、ではその早くその魔王を倒すのだ！」

「はい？」

何を言っているのでしょうか。

「何をしているのだ。お前の仕事だろう、魔物の相手は！」

王子が顔を真っ赤にしながら喚く。

魔王の前だというのに随分と余裕だ。それとも、騎士と違って脅威を感じることができないのか。

私は王子の言っていることが全く理解できなかった。

殺した相手が魔物になって戻ってきたのに、どうして命令するという思考回路になるんだろう。別に報復で殺そうとか思っていたわけではないけど、謝るとか、恐れるとか、そういう反応を予想していた。

「私はあなたに殺されて魔物になったんだけど」

「それは貴様が聖女を詐称するからだろう！　死んでも蘇って俺を助けにくる忠誠心は認めてやってもいいぞ」

「はぁ」

胸の中がすーっと冷えていく感覚があった。怒りを通り越して、呆れるばかりだ。

王子の醜態に、騎士たちもあからさまに不快そうな顔をした。

「なんで私が助けるの？　隣に本当の聖女がいるんでしょ。私は聖女を詐称する偽物だもんね」

「それは――！　こいつは俺を騙したんだ！　子爵が、娘を聖女にすれば皇国との繋がりが強くなるなどと言い出したからで、蓋を開けてみれば何もできない女だったのだ！」

「なっ！　王子様だって乗り気でしたわ！」

「うるさい！　お前が魔法を使えないせいで魔物に侵入されたんだろう！」

開いた口が塞がらない。この期に及んで、二人は口汚く罵り合っている。

なんという身勝手な男だろうか。私を偽物と罵ったアザレアにも思うところはあるが、それ以上に王子を許せない。

私は王子のせいで、未来を奪われたのだ。たまたま死霊となって自由に動けているけど、もう元には戻れない。人間として街で暮らすことも、アレンと結婚することだって不可能だろう。

それなのに、あろうことかまだ私を利用しようとしてくる。

こんな男を守るために戻って来たのだと思うと辟易する。

国を守るという意思は揺るがないけど、王子とは関わりたくもなかった。

もはやこの中庭で、王子を擁護する者はいない。彼らは皆、魔王の出方を窺っていた。魔王の要求、それと王子の対応によって、王国の未来が決まるのだ。

ファンゲイルは女性の骨を両手で抱え込み、頭蓋骨に顎を乗せた。骨ドラゴンの上に座ったまま、身を丸める。傍らに立てかけてある杖は、いつでも手が届く距離だ。

「ふふ、なんか面白いことになっているみたいだね。それで、君が王国の代表ってことでいい？」

「そ、そうだ！」

「結論から言うけど、僕はこの国は全部壊すよ。それは決まってる。でもその前に、ある物を持ってきてほしいんだ」

「ふざけるな！　魔王だかなんだか知らないが、王国に敵対して無事で済むと思っているのか！　おい聖女、騎士ども、早くこいつを……ぐふっ」

「うるさいなぁ」

ファンゲイルが魔力を放出する。ゴズやメズなんかとは比べ物にならない、濃密で暴力的な闇魔力だ。それを直に受けた王子は、目を見開いて喉元を押さえた。

私は遅れて霊域を発動し、対抗するように聖魔力で中庭を満たした。ポルターガイストをいつでも発動することができる、聖域と融合した魔法だ。

闇魔力から解放された王子が、ぜいぜいと肩で息をした。

「へえ！　聖女の魔法とスキルを一緒に使えるんだ！」

たった一瞬で看破するとは。魔法を得意とする魔王なだけある。

相殺されても気にする様子はない。まったく本気ではなかったということだろう。

私は油断なく魔力を操作して、ファンゲイルと相対する。結果的に王子を助けることになったのは不服だけど、ファンゲイルに暴れさせるわけにはいかない。

「ますます君が欲しくなったよ。ゴズとメズに倒されるくらい弱いならそれまで、と思ってたんだけどね。なかなかどうして、期待を超えてくれる」

ファンゲイルは骨ドラゴンから降りて、杖を手に取った。それでも人骨は手放さない。

ゆったりとした動きで王子に歩み寄る。その様子を、誰もが黙って見ていた。

「でもその前に、僕は探し物があるんだ。君さ」

「く、来るな！」

王子はずりずりと腰を引きずって後ずさる。隣のアザレアは、先の魔力に当てられて気を失っている。

「天使のタリスマン、ってこの国にあるよね？」

「な、なぜ貴様が秘宝の名を！」

困惑する観衆の中、王子だけがその名に驚きの声を上げた。

天使のタリスマン。全然知らない単語が出てきたけど、それがファンゲイルの目的、つまり王国を滅ぼそうとする理由なのか。

秘宝というけれど、魔王ほどの存在が何年もこの国に固執し、さらには軍を率いて攻めるほど価値のあるものなのだろうか。

「それを渡せば軍を引き上げるのだな！」

「うーん、僕この国嫌いなんだよね。タリスマンを奪った国は滅ぼすって決めてたし。今君に聞いているのは、拷問するのが面倒だからだよ。僕は面倒なことは嫌いなんだ」

うーん、傍から聞いているだけではどうにも要領を得ないね。

一つわかったことは、彼が王子の行動にかかわらず攻撃をやめる気がないということだ。私にとって、それだけわかれば十分。

「シャイニングレイ」

聖属性と炎熱、二つの要素を持つホーリーレイをファンゲイルに向かって飛ばす。王子と向き合っていた彼に対し完全に背後から撃ったつもりなんだけど、いつの間にか張られていた結界に阻まれ、ジュッと音を立てた。いや、よく見ると氷の膜がファンゲイルを守るように煌めいている。

そういえば砦から逃げる時も氷の魔法かスキルで追撃されたね。

「なんのつもりかな？　この王子には君も恨みがあるんじゃないの、聖女ちゃん」

「正直王子はどうでもいいんだけど……この国は私の故郷なの。守りたい人も、物も、私の両手じゃ抱えきれないくらいある。それは死んでも譲れないものなんだよ」

「へぇ、だから矮小な死霊から進化してまで戻ってきたんだ。そして、敵わない相手にも立ち向かうと」

「そうだよ。あとね、今の私はもう聖女じゃないの」

私の足元から、ふわーっと霧のように魔力を放出して、霊域で空間を満たす。同時に聖結界で中庭を囲った。戦う気のない騎士なんて邪魔なだけだもん。

結界の中で、私とファンゲイル、骨ドラゴン、そして王子だけが取り残される形になった。

右手に魔力を籠め、ファンゲイルに向ける。

「今は聖霊だよ！　シャイニングレイ！」

「アイシクルショット」

熱量を帯びた光線と、ファンゲイルが放った氷の弾丸が衝突した。

破裂音がして、白い蒸気が視界を遮った。

「いいぞ、聖女！　魔王を倒すのだ」

腰が抜けて立てないくせに、まだ偉そうだ。私は王子を無視して――否、反応する余裕すらなかった。

間髪入れず再び氷の弾丸が飛んできたからだ。拳大の氷塊は闇魔力を纏い、物理的にも魔法的にも必殺の威力を持って私を襲う。

「ポルターガイストっ」

霊域の中でなら、どれだけ速い速度で動こうと正確に把握し、掴むことができる。

闇魔力の塊で挟み込むように氷塊を掴み、勢いを殺す。きゅるきゅると氷塊が軋む。最初こそ拮抗していたものの、弾丸を完全に止めることに成功した。

「ガタ、ガタ」

「――っ！　聖結界！」

背後から骨ドラゴンが腕を叩きつけてきた。大きな翼を持ち、四足歩行も可能な立派な手足は骨だけになった今でも相当な重量を誇る。ただ振り下ろすだけでも威力、速度ともに申し分ない攻撃になる。

そして、もはや当たり前のように魔力を纏っている。というより、攻撃する部位の骨が黒く染まり、魔力が内包されているようだ。その密度はゴズメズよりも高く見えた。おそらくはAランクの魔物。

「やっぱ強い！」

聖結界とポルターガイストでなんとか腕を食い止めると、大きさ故に隙だらけの内側へ潜り込み、すかすかのあばら骨の隙間に手を向けた。

「破邪結界、ソウルドレイン――」

結界とは名ばかりの、魂を破壊する力場の塊。

聖属性の魔力も含んでいるからアンデッドにはかなり有効なはずだ。

「破魂結界ッ！」

「ソウルプロテクト」

手に平から打ち出されたヒトダマを思わせる白い球は、骨ドラゴンにダメージを与えることはなくかき消された。骨ドラゴンが身を捩り暴れるので、なんとかその場を離れた。

「ふふ、僕の前で魂干渉の魔法なんて使わせるわけがないじゃないか。魂と氷は僕の専門なんだ」

近接戦闘に長ける、巨体を持つ骨ドラゴン。魔法を得意とする魔王。

同時に相手取るのは、思ったよりも骨が折れそうだ。骨ないけど。

「どうやら聖女の力を完全に取り戻したわけじゃなさそうだね。僕ですら破壊できない結界を張っていた君なら、スカルドラゴンくらいわけないでしょ」

その通りだ。魔力量はもとより、魔物になったことで魔法の出力が弱まっていると感じる。それは『神の力』を魔物が持つことで起きる矛盾なのか、生前ほどの力は出せないのだ。

私が今使える聖女の魔法は一般の神官レベル。エアアーマーすらポルターガイストなしでは倒せない。

「関係ないよ！」

手をかざしてシャイニングレイを放つ。レイニーさんみたいに同時に何本も出せればいいんだけど、あいにく私にはできない。

「アイシクルショット。君のランクはせいぜいCでしょ？　スカルドラゴンはA、魔王である僕はそれ以上のランクでは測れない領域にいる。絶対に勝てない」

シャイニングレイはファンゲイルには届かない。

骨ドラゴン改めスカルドラゴンが、鋭く尖った牙で私に食らいつく。例のごとく闇魔力で染まった牙を持つ顎は、瞬きよりも速く閉じられた。間一髪で回避する。

「勝てないから、無駄だから……そうやって全てを諦めるのは、もうしたくないの。それで大切なものを失うのは、もう嫌」

なんで私は処刑を素直に受け入れてしまったんだろう。あの頃は、王子や貴族たちがひどく大きな存在に見えた。王宮生活が長くなるにつれて、反抗するという考えがなくなっていたんだ。孤児院を守るため、そう言い聞かせて、聖女の職務をこなすことだけを考えていた。

アレンと再会して初めてわかったのだ。私は死にたくなかった。みんなと生きていたかった。

「そう、だね。失ってからじゃ遅い」

攻撃の手が一瞬緩んだ。

「でも僕を退けたとして、君には何が残るんだい？　君は魔物で、人間たちとは相容れない存在なんだよ。ここで国を守っても、きっと彼らはまた君を虐げるだろう。そうなった時、君はまた一人になる」

「そんなこと……」

わかってる。商人の男性をスケルトンから助けた時も、魔物の軍勢から兵士たちと街を守った時も、いつだって私は敵意を向けられた。人間は外敵に対してこんなに冷たい目をするんだって、泣きそうなくらい実感した。

街に居場所なんてない。たとえアレンが認めてくれたって、肩身の狭い思いをするのは目に見えているんだ。

「人間なんて必死に守るような存在じゃないよ」

ファンゲイルはぶっきらぼうにそう言い放った。

彼の見た目は人間そのものだ。五百年の時を生きる不死の魔王だが、血色が悪い以外は人間と相違ない。もしかしたら、私みたいに元人間の魔物だという可能性もある。いつも抱いている人骨だってそうだ。

彼が頑なに人間を嫌悪するのにも理由があるのかもしれない。そう思ってしまうほどに、彼の口ぶりには実感が籠っていた。

「アレンは違う。私にはアレンがいるもん」

拗ねたように口を尖らせて、氷の弾丸を結界で食い止める。小競り合い程度でも命懸けだ。スカルドラゴンの鈍重な動きにも慣れてきたので、余裕をもって回避した。

「ふーん、誰だか知らないけど、人間である以上同じようには生きられないよ。だって君、たぶんもう——人間のこと、同族だと思えないでしょ？」

あるはずのない心臓が、締め付けられたような気がした。

そんなことない、と反射的に叫ぼうとした。でも、喉につっかえて出てこない。

思い返すのは、先の侵攻でのこと。目の前で兵士が魔物に斬り殺されても、私はなんの感情も浮かばなかった。悲しいとか、可哀そうだとか、何も思わずただ「あ、死んじゃった」くらいのもの。

戦闘の高揚感あってのことだと思っていた。戦争で死者が出るのは、残念ながら珍しいことではない。その時に悲しむ暇なんてなかったし、すぐに気持ちを切り替えたのだ。

でも、生前の私ならまず間違いなく取り乱していた。目の前で人間が死ぬという事態に怯え、泣き叫んでいたと思う。魔物になったことで、感覚が変わったことを否定できない。

「でも、アレンは家族で！」

私は、アレンやレイニーさんが死に目にあった時、どう思うんだろう。理性では悲しく思っても、感情は動かないのではないか。

「おい！　何を話しているんだ！　なんのために王宮に置いてやったと思ってる！」

王子はなおも喚く。

周りの騎士たちは、結界の向こうで我関せずといった様子だ。もはや彼らに戦う気力はなく、成り行きを見守っている。仮にファンゲイルを食い止めても、王国はもう終わりかもしれない。

「あはっ、あんな奴と心中するのがお望みかい？」

「いや、あれは私でもどうかと思う……」

ファンゲイルは両手を広げて、大仰な動作で近づいてくる。攻撃の意思はなく、なんとなくそれを眺めた。スカルドラゴンも動きを止める。

手を伸ばせば届く距離で向かい合った。

「僕なら君をわかってあげられるよ。どうだい――」

私にだけ聞こえるようにファンゲイルが囁いた。言葉は聞こえているのに、まるで別の言語かのように理解が及ばない。時が止まった気がした。

時間の流れも音もない中で、私がその言葉をゆっくりと噛み砕いて反芻する。目の前で口元を緩めるファンゲイルの顔が、いやに鮮明に映った。

「セレナ！」

その静寂を破ったのは、二人の間に割って入り私を背に庇ったアレンだった。いつの間に来てたんだ。

「アレン」

「悪い、遅れた。……大丈夫か？」

顔をまっすぐ見れなかった。

「セレナから離れろッ！」

アレンはすごいな。鍛え上げた騎士ですら二の足を踏む相手に、怯えることなく向かっていく。彼に迷いはなく、ただ愚直に真っすぐ向かっていった。

私も動かないと。アレンをサポートしないと。

「聖女ちゃん、どうかな？」

ファンゲイルはアレンを歯牙にもかけない。氷の膜がアレンの剣を容易く弾いた。

血色の悪い白肌で笑顔を作って、芝居がかった動作で両手を広げた。背後にスカルドラゴンが座り込む。たった二体なのに、スケルトンの軍勢すら超える圧倒的な存在感を放っていた。

「くそっ！」

アレンは汗を手の甲で拭い、剣を構える。

「セレナ、あいつが敵なんだろ？　戦おう」

「う、うん」

ああ、だめだ。ファンゲイルに言われた言葉が脳内でぐるぐると回って、どうしても歯切れが悪くなってしまう。

私とファンゲイルの様子に、アレンが訝しげに首を傾げる。

「聖属性付与」

アレンの剣を聖別して、戦いに備える。

大丈夫、アレンと私なら勝てる。半ば言い聞かせるように、心の中で唱えた。

ファンゲイルとスカルドラゴンを倒せば、王国を救えるんだ。聖女の結界がなくても、もう攻めてくる魔王はいない。国のみんなは平和に暮らせるし、孤児院の家族だって戻ってきてくれる。そうしたらアレンと一緒に暮らしてもいいな。

孤児院で、また昔みたいに皆で。アレンと結婚して、孤児院に預けられた子どもたちの面倒を見て過ごすの。だいぶ人間に近い姿になれたから、みんな受け入れてくれるよね。

「わかるだろう？　人間というのは自分の知らないものを恐れるんだ。少しでも姿が違えば、苛烈に攻撃する。そういう生き物なんだよ」

周りにいる騎士を見渡す。彼らは私のことを得体のしれない魔物だと認識しているのか、声援を送るでもなく冷たい目で見つめている。王子だってそうだ。

「君はもう、人間の国では生きられない」

「お前に何がわかるッ！」

アレンが突っ込んでいく。

霊域を使って、アレンの動きをサポートする。動きを感知して、ポルターガイストでそっと後押し。彼の身体は速度を上げ、ファンゲイルに肉薄した。下から斬り上げた剣が、ファンゲイルを狙う。

「聖女ちゃん、君は何も守れない」

「やめて！」

ファンゲイルが目を閉じて、杖の石突で床を突いた。空気が凍ったように氷が生み出されて、弾丸となった。

「ポルターガイスト、聖結界っ」

アレンとファンゲイルの距離が近すぎる。アレンはもう攻撃姿勢に入っていて、避けられない。聖結界で氷を止めて、ポルターガイストでアレンを移動させようとした。

でも、間に合わない。

「アイシクルショット」

「が、あ」

氷塊はアレンの下腹部に突き刺さった。なんとか致命傷は回避した。

私はヒールをかけて、アレンのもとへ急ぐ。二人の間に身体を潜り込ませて、庇うように両手を広げた。

「ダメ」

「アイシクルショット」

氷塊が私の眼前で高速回転する。この距離でこれが放たれれば、私には防ぐ手段はない。

「私はアレンを守る。みんなを守る」

命すらない私にとって、唯一残った大切なものだから。だから……。

「だから、やめて、ください」

私は地面にうずくまって嘆願した。

「なら、僕の提案に乗ってほしいな。これは君のためでもあるんだよ」

ファンゲイルは氷塊を消し数歩下がって、スカルドラゴンの足に腰かけた。いつか砦で見た玉座にいるかのように、肘を立てて顎を乗せる。

「僕の物になりなよ。そうしたら、人間たちを助けてあげる。ああ、天使のタリスマンと王族の命は貰うよ」

ここが落としどころだ、ということだろう。

彼に対して交渉は無意味だ。ここで私が断れば、王国もろとも滅ぼすだけだ。彼にはその力がある。

倒れ伏すアレンが、軽く咳き込んでよろよろと起き上がった。

「セレナをお前のものに、だと？」

「アレン、やめて」

「でも、このままじゃあいつに！」

アレンの気持ちは嬉しいよ。王宮に行った後だってずっと私のことを大事にしてくれていたし、死んでもこうやって思ってくれる。アレンとなら、二人で暮らしても楽しいんだろうなって思うよ。

でも、もうダメみたい。私は魔物でアレンは人間。それはどうしたって変えられないから。

立ち上がって、アレンに身体を向ける。上手く笑えてるかな。

ファンゲイルに背を向ける形だけど、彼は待ってくれるみたい。

「アレン、約束覚えてる？」

「やく、そく？」

「うん。私が王宮で、アレンが孤児院で皆を守るっていう約束」

それは九歳の時に交わした約束だ。

聖女として王宮に行くことが決まった私を元気づけるために、アレンから提案したんだっけ。別々の場所にいたとしても思いが繋がっていられるようにって。私は、その約束を心の支えに頑張って来た。

「もちろん、覚えてる」

「じゃあ約束を更新しよう？　今度は私が魔王のもとで、アレンが王国で皆を守るの。もう二人とも子どもじゃないもんね。それに、私は死んじゃったから、前の約束はもうお終い」

アレンは泣きそうな顔で、拳を握りしめた。

私は、唇をきゅっと結んでアレンを見つめる。

目的を違えてはいけない。ファンゲイルを倒すことが目的ではないんだ。私はただアレンや孤児院のみんなを守りたい、その気持ちでここに舞い戻って来た。

ファンゲイル自体にさしたる恨みはないから、彼の物っていうと語弊があるけど仲間になることに抵抗は少ない。私はもう魔物だからね、人間の国にいるよりも自然だと思う。

最初、森の中で言われた時は当然断った。それは、彼の仲間になったとしても王国を守れる保証がないからだ。だけど、ファンゲイルは私と引き換えに王国から手を引いてくれると言う。直接戦って打ち倒すことが不可能なら、悪くない選択肢だ。ファンゲイルも悪い人じゃなさそうだしね。

だから、これは正しいこと。

死んで死霊になった私が、みんなを助ける唯一の方法だ。

「俺は、お前を犠牲にして助かっても嬉しくない。セレナはいつもそうだ。自分の痛みは度外視で、いつも人のことを考えてる。そこにいるの、お前を殺した王子だろ？　なんでそんな奴のためにお前が苦しまないといけないんだよ」

「そんなんじゃないよ。私はただ、皆に幸せになってもらいたいの。それが私の幸せだから」

できるなら、私も一緒に幸せになりたかった。でも、それを口に出すことはできない。

「俺にも、助けさせてくれよ……ッ」

アレンにはいつも助けられてきた。小さい頃はもちろん、王宮に行ってからも彼の存在にどれだけ救われたかわからない。死霊になってからも、アレンだけは私を信じてくれて、共に街を守ることができた。

私の心はいつだって、アレンに助けられてきたんだ。

「ふん、そいつが死んだのだから、魔王が攻めてきたのだから、自分で尻拭いをするのは当然だろう。だいたい、そんなに重要な役目を持っていたなら最初から言えばよかったんだ！」

突然の展開に目を白黒させていた王子が、ここにきてまた口を開いた。

アレンがキッと睨みつける。

「てめぇ！」

「アザレアは嘘をついて俺を騙すし、騎士どもは王子である俺を守ろうともしない！　おかしいだろ、なんで俺がこんな目に合うんだ！　おかしい、絶対おかしいんだ。俺は次期国王なんだから！　全員処刑してやる」

どこからその自信が出てくるのだろう。王子は大仰な手振りで歩みより、私たち三人の前に来た。

ある意味、度胸があって王に向いていると思うよ。もうちょっと思慮深かったら。

呆気にとられる私とアレンをよそに、ファンゲイルはくつくつと喉を鳴らした。

「そうだ、魔王。お前を俺の部下にしてやるよ！　そうだ、それがいい！」

「ほんと、王族っていうのは変わらないね。自分のことしか考えられない。生まれた時からそれを許される立場にいるとそうなってしまうのかな」

口角は上がっているけれど、目と声色は恐ろしいほど冷えている。

既に、この空間はファンゲイルが支配していると言っても良い。助けに入ったはずの私は降伏し、騎士たちに戦意はない。彼の言動が全てを決めるのだ。

「すまん、お前を差し置いて怒るのも筋違いだけど……俺、耐えられないわ」

「なんだ、貴様！　平民ごときが俺の前に来るなど！」

アレンは青筋を立てて剣を両手で握った。私は止めようと手を伸ばして――すぐに下ろした。彼の目は据わっていて、ちょっと怖い。

私のせいで、アレンに重荷を背負わせていいのだろうか。

王子を殺しても、状況は何も変わらないと思う。でも、アレンの覚悟を無下にもできない。

「ひっ、お、おい、なんのつもりだ！」

「うるせえ」

アレンは剣を大きく振り上げた。頭上で鈍色の刃が煌めき、王子の顔が恐怖で歪む。

私は思わず目を逸らした。次の瞬間、短い悲鳴とともに王子が倒れる音がした。周りがにわかにざわつく。

「なんでだよ」

そう言ったのは、アレンだ。視線を戻すと、アレンは剣を下ろして呆然と立っていた。その刃に血はついていない。彼は唇を噛んで、うつぶせで事切れる王子を見下ろしていた。足元に赤い液体がじわりと広がる。

アレンが殺したわけではない。殺したのは――ファンゲイルだ。

「復讐なんてしても、君は満たされないよ。月並みだけどね」

「それなら！　俺の気持ちはどこにぶつければいい？　好きな女を魔王から助けることもできず、敵を討つこともできない。俺にできることはどこにあるんだ？」

「あはっ、メズが気に入りそうな子だね。真っすぐで、純粋。少し羨ましいくらいだ」

ファンゲイルは私の隣に並び立って、いたずらっぽく笑った。

彼は、アレンが手をかける前に王子を殺したのだろう。おそらくは氷の弾丸を飛ばして、王子を射抜いた。

「じゃあ助けてみなよ、僕から。今すぐじゃなくてもいいよ。聖女ちゃんは貰っていくから、いつの日かもっと強くなって、僕の前に現れるといい」

「それまでセレナが無事でいる保証はどこにある？」

「人間ならともかく、聖女ちゃんは大切にするよ。僕、アンデッドには優しいんだ」

ファンゲイルからしたらアレンなんてただの人間に過ぎないのに、説得するように優しく言葉を重ねる。その線引きはどこにあるのか。

あ、アレン、勘違いしないでね？　こいつの大切にするは、ペットとか研究対象とかそっちだから！

　なんとなく口を挟むのも憚られるので、心の中でそう叫ぶ。

「聖女ちゃんはまだ完全に消えたわけじゃないんだ。君が諦めなければ、チャンスはあるんだよ。……僕もあいつを諦めない」

　最後に付け足された言葉は、小さすぎて私にしか届いてないと思う。

　アレンは噛みしめるように沈黙した。

　なんか良いこと言っている風なんだけど、私には一つだけ言いたいことがある。

「あの……そう言うなら私を見逃してくれても……」

「あはっ、それは無理。だいたい君、魔物でしょ」

「ですよね……」

　わかっているのだ。ファンゲイルが言う私のためっていう言葉も、あながち嘘ではない。

　私を虐げついには処刑した王子は、あっさりとこの世を去った。王子の魂はちゃっかり骨ドラゴンが食べて、一瞬にして消滅した。なんとも呆気ない最期だ。

　だから私の心残りはアレンだけなの。彼には幸せになってほしい。そして、その幸せに、死者は足かせにしかならない。

　彼のことを思うからこそ、ここは身を引かないといけないんだ。

「わかった」

「アレン……」

「俺はいつか、お前を倒してセレナを救い出す」

そう、短く宣言した。

「だからセレナ、それまで待っていてほしい」

「うん、わかった!」

初めてだった。アレンから積極的にこういうことを言われたのは。

そっかぁ。今までみたいに別々のところで頑張るって感じじゃなくて、迎えに来てくれるんだ。それなら、変態魔王のところでも頑張れるかも!

「決まったかな?」

「本当に王国の人には手を出さないんだよね?」

「そんなに興味ないからね。ああ、殺しちゃったからタリスマンの場所聞けないや」

秘宝だとか言って渋ってた王子も、今は物言わぬ亡骸だ。これじゃまた、暴れて探し出すとか言いかねない。

「うーん、そこでぼーっとしてる騎士たち。探してきてよ。王様に聞けばわかるんじゃない? 見つからなかったら……皆殺す」

「は、はい!」

すっかり烏合の衆になっていた騎士たちが慌てて動き出した。恐怖のあまり何もないところで転ぶ者もいる。この国、大丈夫かな?

私が心配すべきは、とりあえずアレンだけだ。強くなる、魔王を倒す。言うのは簡単だけど、ギフトなしで成し遂げるのは難しい。

だから、これはちょっと反則。聖女だった頃は皇国から禁止されていた、人知を超えた魔法。

「アレン、こっち来て」

「ん?」

アレンの胸に手を当てて、聖魔力を注ぎ込む。その奥にあるアレンの魂を感じ取って、聖魔力で包み込むイメージ。優しくて、強い。そんな魂だ。

これは、人間にギフトを与える魔法。ギフテッド教の教義における、神の領分を侵す行為だから、絶対に使用してはいけないと言われていた。でも、私はもう魔物だからいいよね。

「ギフト祝福」

どんなギフトを与えるかは選べない。私の感覚としては、神様にお願いしてる、と言ったほうが近い。

魔法が確かに成功したことを確認し、神託を使う。アレンが得たギフトは――『勇者』。

「何をしたんだ?」

「アレンが強くなれるように、おまじないだよ。アレンは『勇者』っていうギフトを貰ったから、きっと魔王も倒せるよ」

「そっか……俺、絶対強くなるから。そんで、あいつを倒す」

「うん、待ってる」

アレンなら、絶対来てくれる。

だって、私が一番信頼してる人だもん。幼馴染で、親友で、婚約者で、一番大好きな人。ちょっと離れ離れになるくらい、大丈夫だよね。

「あはっ、それ僕の前で言う？」

ああ、叶うなら最後に抱きしめてほしかったな。この身体は、触れ合うことができない。

代わりに、私たちは笑顔で見つめ合った。

エピローグ

聖女の死から始まった王国の危機は、結果的に大きな被害を出すことはなく終わりを告げた。いくつかの村と戦闘に参加した兵士には犠牲が出たが、魔王と戦った国としては異例の少なさである。

王都や近郊の街に住む者たちは事の顛末を口々に噂した。

聖女、魔王、王子、枢機卿、破壊王。歴史に名を残すような大物が中心となって引き起こされた数々の騒動は、様々な形で王国中に伝わることになった。噂の出所は戦争に参加した兵士たちや、現場に居合わせた騎士たちだ。しかし、元が荒唐無稽な内容のため尾ひれが付き、背びればかりか手足が付いて勝手に歩き回るような有様で、真実とはほど遠いものとなった。

だが、彼らは知らない。

その騒動の中心には、常に一人の凡人がいたことを。

「アレン君、大丈夫ですか？」

皺一つない法衣に身を包んだ枢機卿レイニーが、王宮の一室に入ってきた。移動用の簡素な法衣から正式なものに着替えた彼女はアレンの正面に座った。

「落ち込んでる暇はないからな」

「そうですね。私がもっと早く来ていれば……いえ」

それでも魔王を止めるには至らなかっただろう、とレイニーは冷静に分析する。

魔王が聖女セレナだった死霊を連れて王都を出てから、三日が経った。赤毛の少年を母親のもとへ送り届けた後、念のため王都に寄ったレイニーは後始末に奔走していた。

こんなことなら早々に王国を出ておけば良かった、と内心で何度呟いたかわからない。しかし魔王の襲撃という未曾有の事態に王宮は混乱していて、さらに王子の死亡が重なったため、指導者の擁立は急務だった。

本来であれば必要な手続きのほとんどを飛ばして、レイニーが指揮を取っていた。日和見の貴族よりは、王国で多少顔の利くレイニーが立ったほうが良い。

「今後の王国について、おおよその方針が決まりました。この国はギフテッド皇国の支配下におかれます」

一度は王国を見捨て離れることを決めたレイニーだが、状況が変わった。王国の支配、それが彼女の決断であり、既に皇国へ早馬を送ってある。皇国へ向かった神官たちも直に戻ってくるだろう。

アレンは黙ったまま続きを促す。

「筋書きとしては、聖女の処刑を強行したことへの報復です。王族や貴族への沙汰は……あなたに聞かせる話ではありませんね。それと同時に、魔王を教会が撃退したと公表します。聖女の魔物化など到底公言できるものではありませんから、功績を横取りする形になってしまいますがご理解ください」

これは、教義を破ってアレンに『勇者』のギフトが与えられたことも含まれているのだろう。

「それは大丈夫だ」

言葉遣いを気にする必要はない、と言われているから、彼は砕けた口調でそう応えた。

王国は完全に皇国の属国となり、今後は派遣された神官によって統治されることになる。王宮で高い地位にあった貴族や病に伏せる国王などは、おそらく責任を取らされるだろう。

ギフテッド皇国に貴族制度はない。全ての貴族家は解体され、神の名のもとに平等に扱われる。

とはいえ、皇国とは距離もあるから実質的な統治は、貴族だった各領主が行うことになるだろう。

人々の生活はそう大きく変わらない。

皇国にとって王国を支配することはそれほど旨味のあることではないのだ。

「聖女様が守ろうとしたこの国を、見捨てようとしたのは間違いでした。今度こそ、必ず守り切ってみせます」

皇国の返事を待たずして決定を下したのは、偏にレイニーが聖女の意思を継ぎたいがためだった。

一度は見放したこの国。そこに住まう人々の生活を守ることが自分の使命だと思っている。

「ありがとう」

「いいえ、礼には及びません。それとあなたのギフトですが、私が鍛えましょう」

「いいのか？」

「ええ、そのままでは聖女様を救い出すなど不可能ですからね」

枢機卿と、元凡人だった勇者。

新たな物語が始まろうとしていた。


私、変態魔王に連れていかれました！

アレンに別れを告げ、骨ドラゴンの背に二人で乗って戻ってきたのは、森の中の砦。

ああ、ここで私の解剖実験が始まるんだ……と戦々恐々としてたんだけど、何もされることなく三日が経過した。

どうやら本拠地に戻るための準備をしているらしい。私は特にすることがないので、自由行動を言い渡されていた。

忙しなく動き回るスケルトンたちを横目に、ファンゲイルの周りを右往左往する。いつか来た玉座のある広間だ。

「結局さ、なんで王国を侵略していたの？」

私たちの活躍で被害は最小限に抑えられたとはいえ、多くの人間が犠牲になった。魔物になりその辺の感性が希薄になっても、安易に許すことはできない。

「言っただろう？　天使のタリスマンが欲しかったんだ。いや、取り戻したかったと言うべきかな」

「天使のタリスマンって……あれだよね」

ファンゲイルが肌身離さず抱える、女性の人骨。

相変わらず魂はなく、ドレスを着ているだけの遺骨だが、以前と変わった点がある。首元に赤い宝石をつけたタリスマンが煌めいているのだ。

「これは、元々彼女の物だからね」

「その女の人の？」

「そう」

それだけ言って、ファンゲイルは押し黙ってしまった。これ以上話すつもりはない、ということだろう。

あの後、騎士の一人が国王から預かったというタリスマンを持ってきた。ファンゲイルはそれを受け取り、即座に人骨に付けたのだ。女性にプレゼントを渡すようなにこやかな表情で「やっと取り戻せた」と言いながら。その横顔は嬉しそうでもあり、同時にひどく切ないものにも見えた。

生前の彼女とどんな繋がりがあったのか。天使のタリスマンとはなんなのか。

『不死の魔王』ファンゲイルについてはわからないことばっかりだ。

でも、なんとなく悪い人ではないような気がしてきた。

そしておそらく、彼はこの女性の蘇生させるために研究しているのだろうということもわかってきた。

ちょっとくらいなら協力してあげてもいいかも。いや、さっさとアレンのもとに戻りたいだけだから！

「ああ、戻ってきたね」

「ん？」

ファンゲイルが入口のほうに視線を向けた。釣られて私もそちらを見る。

大きな音を立てて、扉が開け放たれた。

「ファンゲイル様、ただいま戻ったのじゃ」

「ファンゲイル様。不覚を取り大変申し訳ございません」

そこにいたのは、倒したはずのゴズとメズだった。

思わず声を上げた私は、二人とばっちり目が合った。ゴズメズも目を丸くして、即座に得物に手が伸びる。

「ええ⁉」

それを制したのはファンゲイルだ。

「やあやあ、遅かったじゃないか。この子は僕のペットだから、気にしないで」

「ペットだったの⁉」

初耳なんですけど。

ゴズとメズは武器から手を離し、膝を突いた。

ゴズはレイニーさんと一緒に間違いなく倒したし、メズもアレンが心臓を突き刺したはずなのに……。ソウルドレインは効かなかったけど、今の私が魔物の死を見間違うことはない。二人は確実に息絶えていた。

「ファンゲイル様のおかげで、こうして新たな肉体として蘇ることができました」

「力が溢れるようじゃ。今なら誰にも負ける気がせん」

「やっと僕好みの魔物になったね。術式がちゃんと作動して良かったよ。良い実験結果も得られたしね」

よく見ると、二人の身体は以前とは異なっていた。

肌は青白く、ところどころ血を流している。皮膚がただれているのだ。これではまるで……。

「グール？　死者蘇生に成功した……？」

「蘇生にはまだ届いていないんだ。今僕ができるのは、高位の魔物が死ぬ前に術式をかけ、死亡を条件としてアンデッドに進化させる、ってことくらいなんだよ」

ゴズとメズは、ファンゲイルの術でアンデッドとして生まれ変わったということらしい。

つい最近死闘を繰り広げたばかりだから、ちょっと気まずい。ていうか、進化した二人に勝てるわけがない！

「君たちはもう仲間だから、仲良くね」

仲良くなんて言葉がまったく似合わない魔王から、そんなことを言われた。

気づかぬうちに睨みあっていた私たちは、そっと視線を外して咳払いをする。

私の周りには変態魔王と死体、馬と牛の頭を持ったアンデッド。その他たくさんのアンデッド。私自身も死霊。

うん、早く帰りたい。

「じゃあ、僕らの国に戻ろうか」

妙に明るいファンゲイルの言葉に、私は頷くしかなかった。

こうすることが正解だったのか。それはわからない。でも結果的に国やアレンたちを守ることができたので、それは良かったと思う。死んで死霊になった私が少しでも役に立てて良かった。

ヒトダマから進化して、今は聖霊。二度と会うことはないと思っていたアレンともまた喋れた。本当に大切なものにも気づけた。死んで良かったとは言わないけど、精神的にもちょっと成長できたんじゃないかな。

死んだ私だけど、まだ人生は続く。

私は魔物の国で。アレンは王国で。場所こそ変わるけど、やることは今までと同じだ。お互いのことを思って、頑張る。そういう約束。

そして今回はもう一つ約束がある。だから、私は頑張れるよ。

アレン、待ってるよ！　早く助けに来てね！

《了》

叛逆のヴァロウ
Vallow of Rebellion
Written by Nobeno Masayuki
延野正行
画 村カルキ
上級貴族に謀殺された軍師は魔王の副官に転生し、復讐を誓う
「小説家になろう」発
最強軍師によるファンタジー戦記！
この戦い・・・
すべて俺の手の平の上だ!!
©NOBENO MASAYUKI

宮廷魔法師クビになったんで、田舎に帰って
3
Rui Sekai
世界るい
illustration だぶ竜
魔法科の先生になります
I was fired from a court wizard so I am going to become a rural magical teacher.
災厄《ヨド》の魔女の覚醒を阻止せよ!
大切な生徒を救うためジェイドたちは帝都へ!

追放領主の
孤島開拓記
秘密のギフト
【クラフトスキル】で
世界一幸せな領地を
目指します！
長尾 隆生
Takao Nagao
Illustration かれい
S級ギフト
【クラフトスキル】で
全てを解決していく!!
～心優しき最強領主の開拓物語～
©Takao Nagao

バートレット英雄譚
スローライフしたいのにできない弱小貴族奮闘記
2
上谷 岩清
Illustrator 桧野ひなこ
弱小貴族に降りかかる戦と引っ越し、そして縁談!?
第8回ネット小説大賞受賞作
用無しになった少年、平和なスローライフのため東奔西走!
©Iwakiyo Kamitani

スカーレッドG
Illust いの
ルイ16世に転生してしまった俺はフランス革命を全力で阻止してアントワネットと末永くお幸せに暮らしたい
俺はアントワネットを絶対に守る!!
第8回ネット小説大賞 受賞作品
©G Scarred

異世界領地改革
～土魔法で始める公共事業～
HOTEI SABUROU
布袋三郎
イラスト イシバショウスケ
転生した世界で授かったのは
土魔法と無限の魔力
公共事業でみんなを笑顔に！
累計
10000000
PV!
©Saburou Hotei

∅2
魔物の国と裁縫使い
～凍える国の裁縫師、伝説の狼に懐かれる～
今際之キワミ
Illustration. 狐ノ沢
裁縫使い、魔物の国で
お仕事スタート!
繊維ともふもふに愛される裁縫使いの繊維ファンタジー第2弾!
©imawano kiwami

魔王令嬢の教育係
1
新人
jin Arata
ill. 巻羊
勇者学院を追放された
平民教師は魔王の娘たちの
家庭教師となる
問題だらけの
ひとつ屋根の下で
魔王令嬢たちと密着指導!
再就職先は5人の魔王令嬢の
家庭教師だった!
第8回ネット小説大賞期間中受賞!
全国書店で好評発売中!
©Jin Arata

処刑された聖女は死霊となって舞い戻る 1

発 行
2021年7月15日 初版第一刷発行

著 者
緒二葉

発行人
長谷川 洋

発行・発売
株式会社一二三書房
〒101-0003 東京都千代田区一ツ橋2-4-3 光文恒産ビル
03-3265-1881

印 刷
中央精版印刷株式会社

作品の感想、ファンレターをお待ちしております。

〒101-0003 東京都千代田区一ツ橋2-4-3 光文恒産ビル
株式会社一二三書房
緒二葉 先生／みなせなぎ 先生

Printed in japan, ISBN 978-4-89199-720-5
※本書は小説投稿サイト「小説家になろう」（http://syosetu.com/）に
掲載された作品を加筆修正し書籍化したものです。